화염의 탑

炎の塔 / 古川薫 - 文藝春秋社

화염의 탑

초판 1쇄 발행 2013년 4월 30일

지은이 후루카와 가오루
옮긴이 조정민
펴낸이 강수걸
펴낸곳 산지니
편집 양아름 권경옥 손수경 윤은미
디자인 권문경
등록 2005년 2월 7일 제14-49호
주소 부산광역시 연제구 거제1동 1498-2 위너스빌딩 203호
전화 051-504-7070 | 팩스 051-507-7543
홈페이지 www.sanzinibook.com
전자우편 sanzini@sanzinibook.com
블로그 http://sanzinibook.tistory.com

ISBN 978-89-6545-217-1 03830

*책값은 뒤표지에 있습니다.
*이 도서의 국립중앙도서관 출판시도서목록(CIP)은 e-CIP 홈페이지
(http://www.nl.go.kr/ecip)에서 이용하실 수 있습니다.
(CIP 제어번호: CIP 2013003293)

화염의 탑

— 소설 오우치 요시히로 —

후루카와 가오루 지음
조정민 옮김

산지니

* **오우치 요시히로**(大内義弘)

남북조(南北朝) · 무로마치(室町) 전기의 무장. 규슈(九州) · 주고쿠(中國)에 세력을 넓혀 스오(周防) · 나가토(長門) · 부젠(豊前) · 이와미(石見)의 슈고(守護, 일본 봉건 시대의 지방관)가 되었다. 또한 '메이토쿠의 난(明徳の亂)'에서 공을 인정받아 이즈미(和泉) · 기이(紀伊)의 슈고까지 겸하게 되었고, 남북조 통일에도 공을 세웠다. 조선과 교역을 하기도 했다. 쇼군 아시카가 요시미쓰(足利義滿)와 맞서 싸우다 토벌당하고 사카이(堺)에서 전사하였다.(오에이의 난應永の亂)

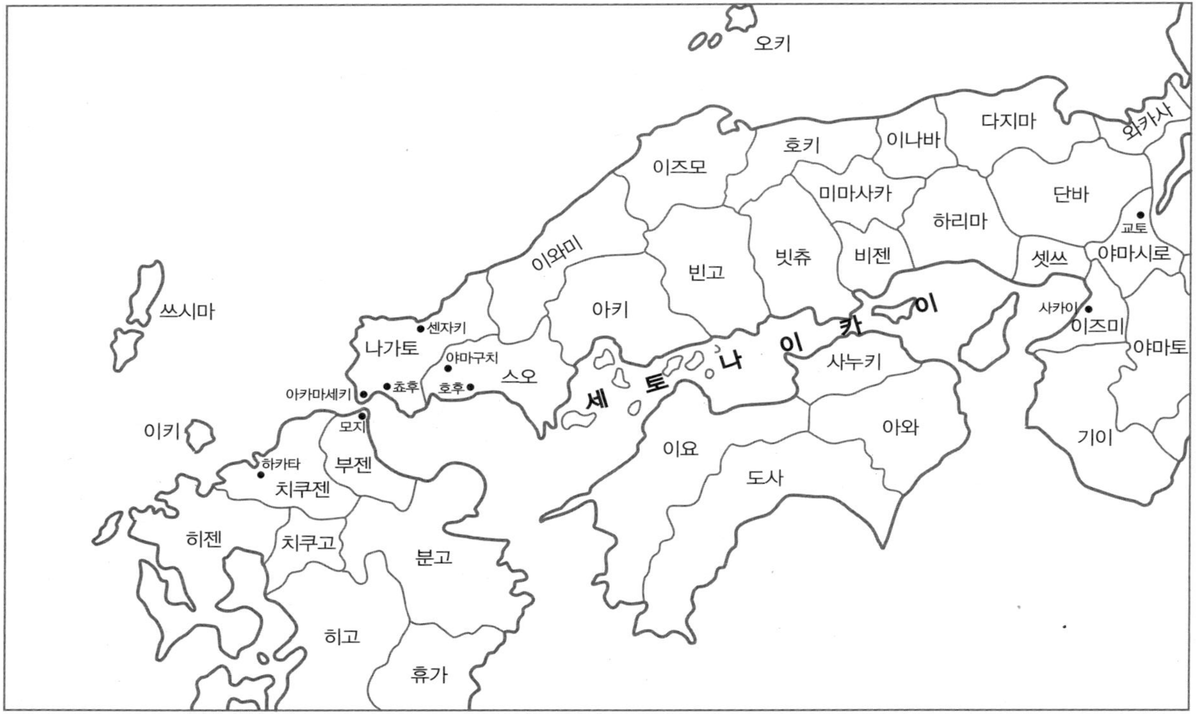
오키
와카사
다지마
이나바
호키
이즈모
단바
교토
미마사카
하리마
이와미
빈고
빗츄
비젠
셋쓰
야마시로
쓰시마
아키
사카이
이즈미
야마토
센자키
나가토
야마구치
스오
사누키
아카마세키
쵸후
호후
세토나이카이
이키
모지
아와
이요
도사
기이
하카타
부젠
치쿠젠
히젠
치쿠고
분고
히고
휴가

발간사

『화염의 탑』으로 세워지는 부산과 시모노세키 간의 문학적 가교

2011년 부산문화재단 주최로 한·중·일 3국이 책을 중심으로 한 '문풍(文風)'이란 주제를 내걸고 포럼을 가졌습니다. 책을 만들기 위해 원고를 마련하는 작가와 책을 만들어 공급하는 출판사, 그리고 현실적인 독자와 만나서 이루어지는 독서활동의 본질과 방법 등을 종합적으로 논의하는 자리였습니다. 이 모임에 후루카와 가오루 선생님은 일본 측 대표로 참여하여, 일본 작가로서 그동안의 활동과 함께 특별히 지역에서 활동하는 작가로서의 입장을 표명한 바가 있습니다. 그 자리에서 저는 선생님의 작품이 한국에도 소개될 수 있으면 좋겠다는 의사를 전달했습니다. 그때 바로 선생님께서는 그렇게 될 수 있으면 좋겠다는 입장을 표명하셨고, 이후 일본으로 돌아가신 이후에 지속적으로 이 사안을 서로 협의한 결과, 이렇게 한국어 번역이 이루어져 선생님의 대표작 중의 하나인 『화염의 탑』을 출간하게 되었습니다.

한국어로 번역할 작품을 선정하는 데도 선생님의 깊은 배려가 있었습니다. 다른 작품들도 있지만, 역사소설인 『화염의 탑』을 선정한 이유는 한일 간의 역사적 문화교류라는 정신이 바탕이 되었습니다. 부산과 선생님이 활동하고 계신 시모노세키 시는 서로 자매도시로서 오랜 문화교류를 해 왔지만, 그동안 문학적 교류는 실질적으로 이루어지지 못했습니다. 이제 선생님의 이 작품집이 출간됨으로써 부산과 시모노세키 간의 문학적 교류가 실질적으로 시작된 셈입니다. 앞으로 두 도시 간의 지속적이고도 활발한 문학교류를 위해 후루카와 가오루 선생님께서는 출판사와 협의하여 저작권을 모두 기부해 주셨고, 앞으로 한국어 출판 작품집에 대한 수익금도 전액 한일 간 문화교류 사업에 보태기로 하셨습니다. 두 도시 간에 시작된 이 작은 문화의 씨앗은 언젠가는 큰 나무로 자라, 한일 문화교류의 큰 숲을 이루어 가리라 믿습니다.

어려운 환경에서도 번역을 맡아 수고해 주신 조정민 선생의 번역초고를 건네받아 읽으면서, 후루카와 가오루 선생님의 역사의식과 역사소설에 대한 남다른 작가정신을 엿볼 수 있었습니다. 중앙집권의 권력에 맞서 싸우다 전사한 오우치 요시히로의 삶을 다룬 이 소설은 오늘을 사는 현대인들에게도 시사하는 바가 많아 한 번쯤 책에 시간을 투자할 가치는 충분하다고 평가합니다. 이 작품집이 국내 많은 독자들에게 읽혀 한일 간 문화교류가 활성화되는 계기가 마련되길 기대해 봅니다.

힘든 지역출판 사정에도 불구하고 한일 간의 문화교류 사업이 가지는 의미를 높이 평가하여 출판을 기꺼이 맡아 준 산지니 강수걸 대표께 감사의 마음을 전합니다. 이 책 출간으로 산지니 출판사가 지역출판권역을 넘어 동아시아를 대표하는 출판사로 발전해 갈 수 있는 계기가 마련되었으면 하는 마음이 간절합니다.

다시 한 번 후루카와 가오루 선생님의 건강과 문운을 빌며, 한국어 번역을 맡아 수려한 문장으로 작품을 재탄생시키느라 고생하신 조정민 선생, 한일 간의 매개자 역할을 감당하느라 수고하신 문화재단 김현승 선생, 그리고 산지니 출판사 실무 편집진 여러분의 노고에 대해 뜨거운 격려의 박수를 보냅니다.

2013 봄

부산문화재단 대표이사 남송우

한국어판 서문

지난 2011년 부산에서 열린 문학포럼에 초대받았을 때, 경애하는 남송우 부산문화재단 대표이사로부터 제 작품을 한국어로 출판하자는 제의를 받았습니다. 매우 영광스러운 일이라 생각하고 기꺼이 승낙하였습니다.

처음에는 나오키상 수상작인 『유랑자의 아리아』를 번역하려고 생각했습니다만, 문득 역사소설 『화염의 탑』이 떠올랐습니다. 저는 지금까지 백제 왕족의 혈통을 주장하던 오우치씨(大內氏) 관련 소설을 여러 편 발표해 왔습니다. 한국어로 번역한다면 그 가운데서 고르는 것이 의미 있다고 생각했고, 그렇다면 발표한 지 세월이 지나기는 했지만 『화염의 탑』이 저로서는 가장 적합하다고 생각했습니다.

이 작품의 주인공 오우치 요시히로(大內義弘)는 무로마치 시대, 서일본 일대를 지배한 다이묘로서, "우리 오우치씨의 선조는 백제 성명왕의 셋째 아들 임성태자이다"라고 호언한 것으로 널리 알려져 있습니다. 이와 같은 군사귀족이 부산과 가까운 야마구치 현에 본거지를 두고 활약했던 사실을, 한국 독자분들도 함께 읽어 주시면 좋겠습니다.

아시카가(足利) 막부의 쇼군 요시미쓰(義滿)는 14세기 말부터 15세기에 걸쳐 교토(京都)에 본거지를 두고 중앙집권의 권력을 휘두르며 지방 다이묘를 압박했습니다. 이에 저항한 오우치 요시히로는 1399년 센슈 사카이(泉州 堺, 현재 오사카 지역)에서 막부의 대군과 충돌한 소위 '오에이의 난(應永の亂)'에서 전사했습니다.

출격 전에 이미 패배를 예감한 그는 옛 백제의 땅으로 망명하는 걸 염두에 두고 이 같은 계획을 조선의 정종에게도 알렸다는 기록이 남아 있습니다. 중앙의 정쟁에서 패한 자가 규슈로 망명하여 재기를 노린 예는 헤이씨(平氏), 아시카가씨(足利氏)의 경우에서 찾아볼 수 있습니다만, 국외로 망명하여 재기를 꾀한 것은 오우치 요시히로가 유일합니다.

현재 야마구치 시에 남아 있는 국보 오중탑은 전사한 요시히로를 공양하기 위해 세운 것입니다. 이 작품의 제목은 여기에서 기인합니다. 문화인이자 용감했던 무장, 오우치 요시히로의 생애를 그린 역사소설 『화염의 탑』 한국어판이 일본과 한국의 친선에 작은 보탬이 되었으면 합니다.

출판에 있어서 큰 배려를 해 주신 남송우 부산문화재단 대표이사, 일본 문예춘추사(文藝春秋社)의 니시야마 요시키(西山嘉樹) 씨 및 도움을 주신 모든 분께 감사드립니다.

2013년 봄

후루카와 가오루

차례

프롤로그

루리코지瑠璃光寺에서

무로마치(室町) 시대, 전국(戰國)의 세상을 살았던 군사 귀족 오우치가 본거지를 두었던 사적(史蹟) 야마구치(山口, 현재의 야마구치 현 야마구치 시)는 주고쿠(中國) 산맥이 서쪽으로 무너져 내린 곳에 펼쳐진 분지이다. 그곳에 고찰 루리코지의 오중탑(국보)이 서 있다.

완만한 곡선을 그리는 5층 첨탑 지붕은 신록의 수림을 뚫고 나와 우아하고 아름다운 윤곽을 보이고 있다. 백 년의 풍설을 견디고 대지에 단단하게 뿌리를 내린 오중탑은 서국(西國)의 사납고 날쌘 오우치의 모습을 오늘에 이르기까지 전하고 있다.

오우치씨가 지배하던 당시, 원래 루리코지는 고샤쿠지(香積寺)라 불리었다. 오우치씨가 멸망한 다음 이 지역을 지배하게 된 모우리(毛利)씨가 절 이름을 루리코지로 바꾼 것이다. 이는 전대 지배자의 흔적을 지우기 위한 관례이기도 하지만, 고대 조선의 문화국가인 백제 왕족의 자손이라는 것을 자랑스럽게 여기던 오우치씨 제25대 당주, 오우치 요시히로를 공양하기 위해 세운 오중탑이 있는 절에 걸맞은 화려한 이름으로 변신했다고 볼 수 있다.

야마구치는 '작은 교토(小京都)'라는 다른 이름을 가지고 있다. 일본의 수도였던 교토를 본따 마을을 만든 것은 야마구치만이 아니다. '작은 교토'라 불리는 곳은 전국 여기저기에 흩어져 있다. 이는 크고 작은 영지를 가진 무장들이 교토를 동경했음과 동시에 강렬한 중앙 지향성을 가지고 있었음을 알 수 있게 하는 대목이다.

그들 다이묘(大名)는 교토에서 중앙 집권의 정권을 장악한 아시카가(足利) 막부로부터 분권 지배를 허락받은 슈고(守護, 일본 봉건 시대의 지방관)로서 지방을 차지하고 있었다. 백제왕 성명(聖明)의 셋째 아들 임성태자(琳聖太子)가 자신의 선조라고 주장하는 오우치 요시히로는 당시 쇄국상태에 있던 조선왕국과 무역을 하는 특권을 누리며 부를 늘려 중앙 막부와도 대항할 수 있는 세력으로 등극했다.

결국에는 무력 충돌이 발생하여 요시히로는 2만의 병사를 이끌고 출격, 교토에서 가까운 센슈 사카이에서 막부의 15만 대군과 대결했다. 여기에서 패한 요시히로는 장렬하게 죽음을 맞이하였지만, 이로써 오우치씨가 멸망한 것은 결코 아니었다.

야마구치를 중심으로 북부 규슈, 주고쿠 지방에 걸친 광대한 영토를 떠나면서 요시히로는 동생 모리하루(盛見, 모리미라고도 함)에게 '만일 자신이 패하더라도 결코 아시카가 막부에 굴해서는 안 된다. 반드시 오우치 독립을 사수하라'고 유언을 남겼다.

모리하루가 새로운 영주가 된 오우치 일족은 아시카가 막부의 억압에 저항하며 전과 다름없이 서쪽에서 세력을 떨쳤기 때문에, 막부도 모리하루의 슈고직 계승을 인정하고 타협할 수밖에 없었다.

오중탑은 사카이에서 전사한 요시히로를 공양하기 위해 유족이 세운 것으로, 막강한 경제력과 수준 높은 문화를 자랑하는 오우치씨의 본거지 '작은 교토 야마구치'의 상징으로 널리 알려져 있다.

오중탑은 불교와 함께 인도에서 유입된 것이다. 이 불탑은 그 자체로도 수려하지만 주위를 감싼 자연과 조화를 이루는 데서도 그 아름다움이 우러난다. 가까이 다가가 올려다보면 처마 안쪽의 정교한 목각 짜임과 함께 날렵하게 살짝 들린 노송나무 껍질 지붕, 뾰족하게 솟은 금속 장식의 상륜을 확인할 수 있다. 그것은 햇볕을 받아 찬연하게 빛나는 거대한 금색 바늘처럼 모밀잣밤나무 가지 사이로 보이는 맑은 창공을 찌르고 있다.

이 탑은 오우치 모리하루가 형 요시히로의 명복을 빌기 위해 건립에 착수했지만, 그 와중에 모리하루가 규슈의 쇼니(少貳)씨와의 전투에서 전사했기 때문에 가키쓰(嘉吉) 2년(1400년) 요시히로의 아들 모치요(持世)의 손에 의해 완성되었다. 그러나 모치요 역시 완성 직전의 해에 쇼군 요시노리(義教) 암살사건에 연루되어 목숨을 잃었기 때문에 훌륭하게 완성된 오중탑을 보지는 못했다.

5층의 지붕은 아래에서부터 지(地), 수(水), 화(火), 풍(風), 공(空)을 의미하는 것으로, 우주를 생성하는 다섯 가지 요소로 구성되어 있다. 장대한 꿈을 실현하기 위해 용감하게 걸음을 내딛는 가운데 죽음을 맞이한 요시히로의 영혼이 이 탑에 의해 분해되고 환생하여 다시 오우치씨의 야망을 달성하기를 바라는 마음이 담겨 있는 것이다.

오우치 요시히로라는 강인한 무장의 죽음이 그 일족에게는 더없는 용기가 되는 것처럼, 루리코지의 오중탑은 작은 교토 일각에 우뚝 서 있다. 낮게 뻗은 지붕이 저녁 해를 받아 화염 토기와 같이 타오르는 불길을 연상시킬 때, 오우치 전사들에게 있어서 그것은 보이지 않는 적을 향하여 투지를 불태우게 만드는, 마성의 혀를 널름거리는 화염의 탑이었던 것이다.

육백 년의 세월이 지났지만 탑은 여전히 늠름한 자태를 보이고 있다. 전란 시기의 불길한 정념은 풍화되고 아름다운 형상만이 남았지만, 지금도 여전히 이 탑의 주인은 오우치 요시히로이다.

전투의 나날을 보내며 화려한 세계를 환영과 같이 펼쳐 보인 오우치씨의 궤적은 열여섯에 처음으로 전장에 나간 이후 삼십 년에 이르는 세월 동안 서국의 전야를 누빈 요시히로의 패업이 출발점이지만, 그 전에 이 이야기의 배경인 남북조 시대의 난세에 대해 개괄적으로 이야기해 두어야 하겠다.

한마디로 말해서 남북조 시대란 14세기, 교토의 '북조'와 요시노(吉野)의 '남조'가 대립하여 사회 여러 계층이 약 60년간 동란의 세월을 보낸 것을 가리킨다.

미나모토의 요리토모(源頼朝)가 가마쿠라(鎌倉) 막부—막부(幕府)라는 것은 무가 정치의 정청, 또는 무가정권 그 자체를 말함—를 일으켜 무사가 국정의 실권을 잡을 수 있게 된 12세기 초부터 천황의 '조정'은 유명무실한 존재가 되어 버렸다.

미나모토의 정권이 멸망한 다음 일시적으로 조정이 실권을 다시 잡은 '겐무(建武)의 신정(新政)'이 실현되기는 했지만 불과 2년 만에 정권은 다시 무사의 손에 넘어가고 말았다.

규슈에서 힘을 기른 쇼군 아시카가 다카우지(足利尊氏)가 교토로 들어간 겐무 3년(1336년), 고다이고 천황(後醍醐天皇)은 교토를 탈출하여 요시노에 조정을 열었다. 이것이 남조이다. '미야가타(宮方)'라고도 한다.

새로운 무가정권은 아시카가 다카우지 손에 돌아갔고, 그가 교토의 무로마치에 본거지를 두었기 때문에 무로마치 막부라고도 불렀다. 교토에서 다카우지가 옹립한 고메이 천황(光明天皇)의 조정을 북조라 하고, 이를 '부케가타(武家方)'라고도 한다.

농민에서 무력집단으로 성장한 무사들은 북조 · 남조의 전통적 권위를 이용하여 표면적으로는 조정의 신하를 가장했지만 실제로는 정치의 실권을 잡고 서로 패권을 다투었다.

남조는 긴키(近畿)와 규슈 일부에 세력을 유지하고 있을 뿐, 전체적으로는 북조의 아시카가씨가 우세하였고 무사의 대부분은 아시카가 막부로부터 슈고를 임명받아 분국 지배를 하고 있었다. 이를 슈고 다이묘(守護大名)라 한다. 오우치씨 역시 아시카가 막부의 슈고 다이묘였다. 오우치씨는 북부 규슈에 세력을 펼치던 남조의 기쿠치(菊池)씨와 대립하여 때로는 본토에서 규슈에 이르기까지 무력 충돌하기도 했고, 동시에 규슈의 영토 확대를 꾀하기도 했다.

오우치 요시히로의 생애를 그린 화염의 탑 이야기는 그가 마고타로(孫太郎)라는 이름으로 야마구치 분지의 들을 뛰어다니던 소년 시절부터 시작된다.

부자상극

치쿠시노筑紫野

강한 햇빛에 반짝이는 세토나이카이(瀨戸內海)의 다타라(多々良) 바닷가, 그리고 폐허와 같은 정적이 감도는 스오고쿠후(周防國府)의 마을, 야마구치 분지에서 남쪽으로 떨어진 오우치의 고향에서 마고타로는 호족의 적자로 자랐다.

활달하고 총명한 소년으로 성장하던 마고타로를 부친 히로요(弘世)는 눈을 가늘게 뜨고 바라보고 있었다. 히로요는 시골 영주에서 한 걸음 한 걸음 나아가 이윽고 부케가타(북조)의 스오(周防), 나가토(長門)의 슈고직을 차지했다.

'부케가타'라고 미리 언급해 두는 것은 '미야가타', 즉 남조의 슈고가 있었기 때문이다. 당시는 남북조 쟁란이 한창이었다. 남조(미야가타)와 북조(즉 교토 무로마치에 막부를 둔 부케가타)로 세력이 나뉘어 무수한 공방이 반복되던 시절이었던 것이다.

무로마치 막부의 3대 쇼군 아시카가 요시미쓰(足利義滿)에 이르러서도 30년간 이어진 전란은 그칠 줄 몰랐고, 오히려 더욱 거세졌다.

그러한 때인 오안(應安) 4년(1371년) 9월, 스오 · 나가토의 슈고 오우치 히로요는 교토에서 서하(西下)하던 이마가와 료슌(今川了俊, 사다요貞世라고도 함)이 보낸 사자를 맞이하게 되었다. 료슌은 무로마치 막부가 새로이 임명한 규슈 단다이(探題, 지방장관)로서 현지로 향하고 있었는데 스오에도 들리고자 한다는 것이었다.

"규슈에서 전쟁이 다시 한판 벌어지겠군."

히로요는 커다란 몸집을 뒤로 젖히며 호방하게 웃고는 뒤에서 있는 마고타로를 바라보았다.

"슬슬 전장에 데리고 나가 볼까."

당시 마고타로는 열여섯이었다. 부친을 닮아 체격이 우람했다. 열여섯이라고는 믿기지 않을 정도로 사나운 골격을 가지고 있었다.

"가고 싶습니다."

마고타로는 변성기의 굵고 탁한 목소리로 답했다.

"첫 싸움을 훌륭하게 장식하도록 해라."

이렇게 말하면서 히로요가 일순간 얼굴을 찌푸린 것은 7년 전인 쇼헤이(正平) 19년(1364년), 고토(厚東)씨를 좇아 규슈로 출격했을 때, 기쿠치군의 대반격으로 패주한 일이 떠올랐기 때문이다. 아직 아홉 살이었던 마고타로는 관례도 치르지 않았고 출진할 수 있는 상황도 아니었다.

'이 아이가 그런 패전을 첫 싸움으로 경험하지 않아 다행이다.'

히로요는 그렇게 생각했다.

싸움에서는 졌지만 그 뒤 히로요의 행동은 실로 재빨랐다. 슈고직 배명 인사를 명목으로 교토에 올라가 쇼군에게 호화로운 물건을 헌상했다. 규슈에서 패한 일은 전혀 언급하지 않고 서국의 실력자답게 호기롭게 행동했다.

교토에 머무르면서 부교(奉行, 무로마치 시대의 행정 부서 우두머리), 효조슈(評定衆, 직명의 하나. 정청에서 합의제에 의해 결정하던 직)의 윗선은 물론, 밑으로는 사루가쿠(猿樂, 헤이안平安 시대에 유행하던 민중예능의 총칭, 노가쿠能樂의 옛 이름)의 연기자나 둔세자에 이르기까지 어마어마한 돈을 뿌렸다. 시골 출신이라고 뒤에서 험담하는 이가 없었던 것은 아니었지만, 나름의 효과는 금세 나타났다. 이 해에 히로요는 이와미(石見)국(구니國, 고대부터 근세에 이르기까지 사용된 행정구획) 슈고직을 겸하게 되었던 것이다.

나가토국의 미야가타 슈고 고토씨는 오우치씨에 저항하였지만, 히로요에게 공격당하여 규슈로 도망치던 와중에 어느 틈엔가 소멸해 버리고 말았다. 히로요는 이로써 스오와 나가토 통일의 숙원을 달성하고, 나아가 이와미의 영토마저 점령하게 되었다.

전쟁에서는 강한 것만이 능사가 아니다. 그는 언젠가 자신의 뒤를 이을 마고타로에게 이러한 술책도 가르쳐 주려고 생각하고 있었다. 그리고 그 기회가 찾아왔다. 규슈 단다이 이마가와 료슌의 서하가 바로 그것이었다.

스오에 들러 오우치씨와 접촉하려는 료슌의 목적을 히로요는 이미 알고 있었다. 규슈 경략에 대한 협조를 구할 참인 것이다. 당시 북부 규슈에서는 기쿠치씨를 필두로 한 남조 세력이 기세를 떨치고 있었다. 그들을 진압하여 무로마치 막부의 위엄에 굴복시키는 것이 료슌의 사명인 것이다.

'어찌 하면 좋을까.'

히로요는 궁리를 거듭하고 있었다. 이미 쓴맛을 본 적이 있는 기쿠치씨에게 보복의 일격을 가해 줄 마음도 있었다. 그러나 고토씨가 멸망하고 나가토국의 영지가 확정된 이상에는 일부러 규슈에까지 전쟁을 몰고 갈 이유가 적어도 오우치씨에게는 없었다.

규슈와 나가토 사이에는 해협이 있다. 바다라는 것은 신기하게도 강과 비슷한 폭이라 하더라도 분명한 격절감이 있어서 확연한 국경이 된다.

기쿠치군이 한 번 세를 몰아 해협을 건너 오우치군을 추격한 일은 있었지만, 끈질긴 공격은 피하고 곧 후퇴하였다. 바다를 건너 본토를 침공하려는 움직임이 규슈 호족 사이에 보이지 않고, 또 오우치 쪽이 전쟁을 시작하지 않는다면 평화는 유지될 것이다.

이마가와 료슌은 부케가타 진영에 속한 히로요가 규슈의 미야가타 세력을 토벌하려는 단다이에게 힘을 실어 주는 것이 당연하다고 생각하고 있을 것이다. 그러나 히로요에게 있어 남조나 북조는 아무래도 좋은 것이었다. 실제로 히로요는 예전에는 남조 측에 서 있었지만, 고토씨와 대항하면서 북조로 돌아섰다. 그것을 변절이라 생각하고 있을 여유는 없었다. 남조와 북조의 싸움이 일으키는 풍운에 떠돌며, 오로지 자신의 세력을 얼마나 넓힐 수 있는지에 대해 생각하는 것은 누구나 마찬가지였다. 그것이 바로 중앙 권력의 쟁탈과는 무관한 먼 지방의 호족들이 살아남는 난세의 지혜였다.

신임 규슈 단다이인 이마가와 료슌이 이제 곧 조력을 구하러 도착할 것이다.

'그냥 적당히 도와줄까.'

단다이의 수족이 되어 희생을 치르고 규슈 세력과 싸워 본들, 그 공적은 모두 료슌이 독점하게 될 것이다. 그렇다고 해서 완전히 비협조적으로 행동하는 것은 쇼군에게 밉보여 나중에 불리하게 작용할 수 있다. 게다가 모처럼 막부 기구의 일단을 잡은 이 기회를 쉽게 놓칠 수는 없는 법이었다. 역시 적당히 해 두는 것이 현명한 방법이라고 히로요는 생각을 굳혔다.

규슈 단다이 협력 건으로 마고타로와 의견이 갈라져 결국 심각한 부자간의 대립이 일어나게 될 것임을 이즈음의 히로요는 꿈에도 생각하지 못했다. 분명 새로운 규슈 단다이의 부임은 오우치씨에게 중대한 변화를 일으킨 사건이었다.

사절을 보내고 약 열흘 뒤, 이마가와 료슌은 미타지리(三田尻)에 나타났다. 산요도(山陽道, 옛 일본의 8도 중 하나)를 여행하듯이 즐겁게 천천히 내려온 모양이었다. 수십 명을 거느리고 온 만큼, 해당 지역의 북조가 호위를 이어 맡았다. 아키(安藝)에서 스오까지는 모우리씨가 담당하였다.

일행을 맞이한 히로요는 부하들을 사원에 나누어 숙박시키고 료슌은 측근들과 함께 관아 인근의 스케도노 야시키(介殿屋敷)에 묵게 했다.

오우치씨는 대대로 관아의 재청(在廳)관인이면서 한편으로는 이 지방의 무사단 전체를 통솔하는 지위에 올라 있었다. 그렇다고는 하지만 겨우 스오 곤노스케(權介, 율령제에 정해져 있지 않은 임시직 벼슬)에 머물러 있을 뿐이었다.

율령제 전성기, 행정 관청의 소재지로 번화했던 미타지리는 겐페이(源平) 쟁패가 결착되어 무가정권이 확립된 이후 급속히 쇠퇴해 갔다. 그와 전후하여 오우치씨는 귀족이 지배하는 고쿠후(國府)를 경원시하고 조금씩 내륙을 향해 들어가 오우치의 고향으로 본거지를 옮겼다. 지금의 호후(防府)에서 약 20킬로미터 떨어진 야마구치 오우치미호리(大內御堀)에 야카타(館, 정무를 보는 정청 겸 저택)를 두었던 것이다. 이리하여 오우치노스케(大內介)가 된다. 오우치 성을 사용하게 된 것은 그 이후부터이다. 원래는 '다타라'라는 성도 함께 쓰고 있었다.

필요에 따라 오우치의 야카타나 고쿠후의 스케도노 야시키를 오갔지만, 료슌이 찾아왔을 무렵 히로요의 눈은 야마구치 분지에 머물러 있었고 또한 그곳에 새로운 야카타를 지으려 하고 있었다. 즉 오우치씨는 오우치 고향에서 더욱 북쪽으로 올라가, 분지의 중심에 본거지를 두려 했던 것이다. 히로요가 규슈 출병에 적극적인 태도를 취하지 않은 것도 그 때문이었다.

이마가와 료슌은 마흔대여섯 살 정도 되었을까. 오우치 히로요와는 거의 동년배에 가까웠다. 그리고 놀랍게도 민머리였다. 2대 쇼군 요시아키라(義詮)가 죽었을 때 삭발하여 사다요(貞世)라 개명하고 료슌이라는 호를 붙였다.

료슌은 피부가 희고 코가 높았다. 비유하자면 궁정 귀족과 같은 부드러운 얼굴을 하고 있었다. 하지만 눈만큼은 역시 무장다웠다. 말을 할 때 상대를 보는 눈은 대단히 날카로웠는데, 머리카락이 없기 때문에 넓은 이마나 눈동자의 움직임이 더욱 눈에 띄었다.

"역시 고쿠후구나. 산세가 매우 좋아."

료슌은 기분 좋게 말했다. 미타지리를 둘러싼 산은 높지는 않았지만 기복이 심한 능선을 그리고 있었다. 역시, 하고 히로요는 생각했다. 그리고 빈틈없는 료슌의 안목에 문득 경계심이 들기도 했다.

다음 날, 료슌은 히로요의 안내로 고쿠분지(國分寺)와 텐만구(天滿宮)에 참배하였다.

"음……. 꽤 훌륭하군."

고쿠분지의 인왕문을 지나 눈앞을 막아선 금당을 보고 료슌이 말했다. 건물은 텐표(天平) 시대의 것이다. 하지만 히로요는 그다지 관심이 없었다.

금당에 안치된 불상을 보고 료슌은 더 감탄하며 격찬했다. 어슴푸레한 수미단(須彌壇) 중앙에 앉은 6척의 약사여래와 양쪽의 닛코(日光) · 겟코(月光) 보살은 헤이안 시대의 작품으로 그 자태가 우아하고 아름답다고 했다. 그래도 히로요는 그다지 흥미가 일지 않았다.

'역시 불문(佛門)에 든 사람은 잘 알고 있구나.' 하고 생각하며 히로요는 불상을 가만히 바라보는 료슌 옆에서 하는 일 없이 기다리고 있었다. 그러나 마고타로는 달랐다. 우쭐거리며 설명하는 료슌 옆에서 들어주는 역할을 자처했다.

"어디를 보면 어느 시대 작품인지 알 수 있습니까?"라는 질문 등을 하기도 한다.

"이 옷의 주름을 보거라. 이것은 혼바에몬(飜派衣文)이라 하여……."

료슌은 열심히 설명을 들으려는 어린 마고타로의 태도에 호의를 가졌고, 친밀감 있는 말투로 대답해 주었다. 이러한 마고타로의 태도가 만족스러워 히로요는 혼자 빙긋이 웃기도 했다.

텐만구에서는 예전에 스가와라 미치자네(菅原道眞)가 다자이후(大宰府)로 귀양 오던 길에 미타지리에 상륙하여 휴식을 취한 바 있다고 마고타로가 설명했다.

"나도 이제 다자이후에 가야 하는데, 스가와라 미치자네와 꼭 같구나." 하고 료슌은 웃으며 돌연 히로요에게 시선을 돌렸다.

"아니, 그것은……."

당황한 히로요가 애매한 대답을 하자,

"이마가와 님은 적을 무찌르러 가는 무장이십니다. 유배 온 스가와라 미치자네와는 다릅니다."

마고타로가 쾌활한 목소리로 대답을 한다.

"그렇지, 그런 처지는 아니지."

료슌이 진지한 얼굴로 말했다.

다자이후에는 가네나가 신노(懷良親王)를 옹립한 기쿠치군을 중심으로, 강력한 남조 세력이 일찍부터 들어와 있었다. 무로마치 막부는 지금까지 규슈 단다이로서 잇시키 노리우지(一色範氏), 시바 우지쓰네(斯波氏經), 시부카와 요시유키(澁川義行) 등을 연이어 임명하였지만, 남조 세력을 막을 수는 없었다. 통일정권을 목표로 하던 쇼군 요시미쓰에게 규슈 평정은 무엇보다도 시급한 일이었다. 그런 까닭으로 결국 이마가와 료슌이 기용된 것이다.

히로요는 이 대사(大事)에 오우치씨를 개입시키고자 하는 그의 속내를 알고 있으면서도, 그런 일은 모른다는 듯이 환대했다. 료슌 또한 여유롭게 응하는 자세를 취했지만, 때로는 웃음 속에 이야기의 핵심을 노출시키기도 했다. 범상하지 않은 지략의 편린을 보이고 있었던 것이다.

료슌이 스오에 입성한 지 한 달이나 지났을 무렵이었다. 10월 초, 빈고(備後), 아키, 이와미에서 병사 약 삼천 명이 도착하였다. 이러한 병력이 밀어닥칠 것을 히로요가 예상하지 못했던 것은 료슌이 아무런 말도 하지 않았기 때문이다. 실제로 잠시 들른 것 치고는 꽤 체재 기간이 길었다. 료슌은 태평하게 쉬면서 좀처럼 자리를 뜨려고 하지 않았다. 오우치씨의 출동에 대해서도 전혀 말을 꺼내지 않았다.

제일 처음 료슌이 데리고 온 것은 직속 부하 오십 명뿐이었다.

'이 사람들만으로 규슈를 토벌할 셈인가.'

실망한 히로요는 출병에 대해 모르는 척하기로 했다. 그리고 또 한 달이 지났다.

료슌은 기다리고 있었던 것이다. 내심 조바심이 났을 것이다. 빈고, 아키의 병사들은 준비하는 데 시간이 필요하다는 말을 할 뿐, 아무리 시간이 지나도 오지 않았다. 이와미에서 병사가 도착하기는 했지만 마지못해 온 듯한 태도를 노골적으로 보이고 있었다.

한편, 료슌은 출병 계획을 숨기며 오우치 히로요의 의향을 살피고 있었다. 나를 시험하여 본 것인가, 하고 생각하니 히로요는 불쾌해졌다.

"오우치 도노는 몇 명의 병사를 보내줄 것입니까. 이제 속내를 꺼내 보여 주시지요."

빈정거리는 말투로도 들리고 존대하는 말투로도 들렸다. 군사가 갖추어지고 나니 급변하는 료슌의 태도가 히로요는 역겨웠다.

"사천 명."

히로요는 망설임 없이 대답했다. 이천 명이면 충분하다고 생각했지만 마고타로의 첫 전쟁을 장식하기 위해서는 가능한 모든 노력을 하고 싶었다.

"황공하게도."

료슌에게도 사천 명이라는 대답은 의외였다.

"곧 나의 동생이 천 명의 기사와 함께 올 것입니다. 쵸후(長府)에서 합류하기로 했습니다."

가즈사(上総)국의 슈고 이마가와 나카아키(今川仲秋)는 료슌의 동생이었다. 그가 군사를 몰고 온다는 사실도 처음 듣는 이야기였다.

'아무래도 이 양반과는 마음이 안 맞을 같군.'

불길한 예감이 히로요의 가슴을 덮쳤다. 앞으로도 계속 봐야 할 상대라고 생각하니 마음이 무거워졌다. 마고타로에게 오우치의 사천 병사를 이끌게 하고 자신은 뒤에서 지켜보며 가능한 한 직접 지휘하지 않기로 했다. 그렇게 해야 료슌과의 접촉을 줄일 수 있다고 생각했다.

겉으로는 "마고타로에게는 첫 출전이니까요." 하고 말하며 속내를 감추었다.

규슈 단다이 이마가와 료슌이 이끄는 군사가 미타지리를 떠난 것은 10월 8일 새벽이었다. 그날 저녁 나가토고쿠후—쵸후에 입성했다.

그곳도 엉망이었다. 30년 전 남북조의 대립이 막 시작되었을 즈음, 쵸후에 있던 나가토 단다이를 남조 세력이 공격하여 마을은 전쟁의 불길에 휩싸였다.

료슌은 본진을 골짜기에 있는 쵸후쿠지(長福寺)에 두고 느긋하게 쉬면서 약 두 달 동안 쵸후에서 지냈다. 동생 나카아키가 병사를 데리고 오는 것을 기다리기 위해서였다.

나카아키는 10월 말경에 도착하였다. 그래도 료슌이 자리를 뜰 기미를 보이지 않자, 나카아키가 먼저 선봉하는 의미로 규슈로 떠났다.

"이마가와 도노는 태평이시군. 마치 전쟁을 하고 싶지 않은 듯해."

히로요가 어느 날 그렇게 말하고 웃자, "뭔가 끊임없이 붓을 움직이고 계세요."라며 마고타로가 의외의 말을 내뱉었다. 료슌은 백지를 묶은 책자를 펼쳐 작은 글자를 부지런히 적고 있다고 했다.

"편지가 아닐까?"

"그런 것 같지는 않아요."

"무슨 일을 하고 계신지 도무지 잘 모르겠구나."

히로요는 료슌이 붓을 움직이고 있다는 말을 듣고, 쇼군에게 보고하기 위해 편지를 쓰고 있는 것은 아닌가, 하고 상상했다.

'그렇다면 조금은 비위를 맞추어 주어야겠군.' 하고 순간적으로 판단했다. 히로요는 선대 쇼군이었던 요시아키라를 교토에서 만난 적이 있었지만, 지금의 쇼군인 요시미쓰는 아직 만난 바가 없다. 료슌의 보고 가운데는 오우치의 사정도 포함되어 있을 것이다. 때문에 어느 정도는 신경이 쓰인다. 그러나 만약 료슌이 매일 밤늦게까지 등잔 아래에서 쓰고 있는 게 편지가 아니라면…… 대체 무엇일까.

며칠이 지난 어느 날, 마고타로는 커다란 발견이라도 한 듯이 히로요에게 보고했다. 료슌이 쓰고 있는 것은 편지가 아니라 여행 일기라고 하였다.

"교토를 떠난 이후의 크고 작은 견문을 모조리 기록하고 있답니다. 여행 길의 풍경에 대해 조금 읽어 주셨는데, 무척이나 흥미로웠습니다."

"음……, 그래?"

히로요는 쓴웃음을 지었다.

'무장 주제에 귀족 흉내를 내다니.' 하고 말하고 싶었지만 마고타로가 매우 감동한 모습을 하고 있었기에 입을 다물고 말았다.

여행 일기 때문만은 아니겠지만 약 두 달 정도 쵸후에 머물고 난 뒤, 12월 19일 료슌은 해협을 건너 규슈 땅을 밟았다. 등 뒤에서 부는 싸라기 눈바람을 맞으며 군사는 치쿠시(筑紫)를 향했다.

'어차피 서두를 필요가 없다면 봄까지 기다리면 될 것을……, 일부러 한창 추운 계절을 택하여 고된 전쟁을 치르는 이유가 뭘까.'

히로요는 이마가와 료슌이 하는 행동이 마음에 들지 않았다. 자신이 일군의 선두에 서서 지휘하는 것과 달리, 누군가의 지휘 아래에 들어가는 것도 그에게는 익숙치 않는 일이었다.

마고타로는 역시 첫 출장이라 긴장하고 있는 듯했다. 말을 료슌 가까이에 대는가 생각했더니 다시 히로요 쪽으로 다가온다. 그는 료슌에 대한 아버지의 자세를 이미 간파하고 있었고 또 나름의 배려도 하고 있었던 것이다.

꽤 혹독한 날씨였다. 고쿠라(小倉) 주변은 눈보라가 치고 있었다. 눈도 제법 쌓이기 시작하여 이대로 가면 말이나 사람이나 모두 선 채로 죽음을 맞이할 뿐이다. 눈보라 속에서 선발대 나카아키가 보낸 사자와 만나게 되었다. 행군은 소용없다고 했다. 나카아키는 다자이후에 접근하기는 했지만, 근년에 보기 드문 강설로 공격이 불리하다고 판단하고 있었다.

다자이후는 오노야마(大野山) 남쪽 기슭 일대, 치쿠시노에 있던 고대 정청(政廳)의 부지이다. 북쪽을 오노 성(大野城), 남쪽을 기이 성(基肄城), 평야부를 미즈키 성(水城)으로 가로막은 도성으로, 규슈 전역을 관할하는 정치, 경제, 군사의 총독부였다.

율령제의 쇠퇴와 함께 점차 폐허에 가까워지고 있었지만 당시만 해도 규슈 경영의 중심 역할을 수행하고 있었다. 남북조 세력은 다자이후 쟁탈에 피를 흘리고 있었던 것이다.

무로마치 막부는 이곳에 규슈 단다이를 두기는 했지만 이미 기쿠치씨에게 공격당해 철퇴한 상태였다. 잇시키 노리우지(一色範氏)가 단다이직을 맡을 때였다. 그 후로는 기쿠치씨를 주력으로 하는 남조 쪽이 다자이후에 '세이세이후(征西府)'를 두었다. 이마가와 료슌의 사명은 다자이후에서 남조 세력을 몰아내는 것을 우선으로 하여 막부의 규슈 단다이를 회복하는 데 있었다.

나카아키의 의견에 따라 료슌은 이듬해 봄, 치쿠시노에도 봄기운이 완연할 때 팔천의 병사를 이끌고 다자이후를 맹공격했다.

겨우내 힘을 비축해 두었던 병사들은 그 원기가 실로 왕성하였다. 이마가와 료슌이 이끄는 막부군은 치쿠시노를 빠져나가 얼어붙은 땅에서 겨우 싹을 틔운 풀들의 눈을 짓밟으며 순식간에 다자이후를 탈환했다.

그 가운데서도 오우치군 사천 병사의 활약은 눈부셨다. 얼마간 료슌을 경원시하던 오우치도 전쟁이 시작되자 달라졌다. 모질고 사나운 투지를 불태운 것이다. 저항하는 기쿠치군을 습격하며 가슴 한구석에 남아 있던 원한을 풀었다.

히로요는 첫 출장인 마고타로 가까이에서 전쟁의 계산법을 알려 주었다.

"잘 봐 두거라." 하며 때로는 스스로 적진에 들어가 살육의 검을 휘둘러 보이기도 했다. 사자분신(獅子奮迅)이란 히로요의 모습을 이르는 말이었다. 그의 모습은 새끼사자에게 싸움법을 전수하는 아비사자의 모습과도 같았다. 난세의 무장이 자식에게 보이는, 사납고 용맹스러운 애정의 표시였다. 대장이 후방에서 지휘만 하는 것이 아니라 선두에 서서 싸울 정도로 사기가 충만해 있음을 마고타로는 이 전장에서 느낄 수 있었다.

다자이후에 규슈 단다이의 거점을 회복한 이마가와 료슌은 세를 몰아 기쿠치씨 토멸을 계획하였다. 히고(肥後)로 들어가 미즈시마(水島)에 진을 친 것은 에이와(永和) 원년(1375년) 8월이었다.

그곳에서 '규슈 삼인방'이라 불리는 쇼니(小貳), 오토모(大友), 시마즈(島津)에게 내원을 청한 것은 그들이 반 기쿠치 입장에 서 있었기 때문이었다. 단다이의 제안에 답한 오토모, 시마즈는 즉시 와 주었지만 쇼니는 좀처럼 모습을 나타내지 않았다.

"후유스케(冬資)는 아직 오지 않았는가."

평소의 료순답지 않게 초조해했다. 다자이후 근처의 우치야마 성(有智山城), 우라노 성(浦ノ城)에 본거지를 둔 쇼니씨가 제일 먼저 와 줄 것이라고 생각했지만 그 기대는 어긋나고 말았다. 이것이 그를 초조하게 만든 이유이기도 하지만, 기쿠치씨를 적대시하는 쇼니씨가 료순의 다자이후 공격을 방관하고 있던 것도 마음에 걸렸다.

쇼니씨는 자신의 명예를 지키기 위해 남조에 붙다가 북조에 붙는 등, 미묘한 행동을 보여 왔다. 그러나 지금은 오우치씨와 함께 기쿠치씨에게 대항하고 있는 것이 분명했다. 게다가 쇼니 후유스케는 히로요의 딸과 혼인한 상태였다. 마고타로의 자형인 셈이다. 그러한 후유스케가 오우치군도 동참하고 있는 다자이후 공격을 외면한다는 것은 뭔가 석연치 않은 일이다.

쇼니 후유스케는 꽤 늦게서야 미즈시마 진지에 모습을 나타냈다. 용모가 수려하고 위풍당당한 무장이었다. 가마쿠라 쇼군의 직속 무사로서 규슈에 파견된 자로, 대대로 다자이쇼니(大宰少貳, 다자이후의 관명으로 차관급에 해당)를 세습해 온 가문의 당주에 걸맞은 관록을 보이고 있었다. 그런 후유스케가 료슌과 대면하게 된 것이다.

"길을 둘러 오신 모양입니다."

료슌은 웃으면서 비꼬듯이 말했다.

"그렇지 않습니다."

후유스케는 웃음기를 찾을 수 없는 얼굴로 불끈 성내듯이 말했다. 규슈 단다이와 대등한 기품으로 맞서고 있었다. 다자이쇼니로서 오랜 세월 동안 치쿠젠 일대를 영유해 온 쇼니씨는 남조건 북조건 자신의 영토를 침범한 자는 용서치 않겠다는 생각을 굽힌 적이 없다. 규슈 단다이의 설치도 매우 불만이었기 때문에 료슌의 명령에도 빨리 대응하지 않았던 것이다.

지금은 일단 북조에 속해 있는 듯이 행동하고 있지만, 그것은 세력을 확장하고 있는 기쿠치씨와 대항하기 위한 처신일 뿐, 독자적인 입장을 취하고 있었다.

"어찌 되었건, 잘 오셨습니다."

료슌은 조금 자세를 낮추어 말했다. 그리고 삼인방이 모두 모인 자리에서 술 한잔 대접하고 싶다며, 그날 밤 주요 무장들을 불러 모아 진중에서 잔치를 열었다.

히로요와 마고타로 부자도 초대받아 나갔다. 모두 혈족 관계이니 마음을 열고 이야기할 기회가 될 것이라 예상했지만, 그때 충격적인 사건이 일어나 모두를 놀라게 했다. 자리가 한창 무르

익을 즈음, 잔에 가득 찬 술을 호쾌하게 마시던 쇼니 후유스케가 갑자기 피를 토하며 쓰러진 것이다.

"계략이었군!"

후유스케는 고통스럽게 숨을 내쉬고는 얼굴을 들어 료슌을 가리키며 이렇게 외치고 절명해 버렸다.

"단다이에 대해 다른 생각을 품고 있어 죽일 수밖에 없었다."

떠들석해진 자리에서 료슌은 이 한마디 말을 남긴 채 경호를 받으며 재빨리 자리를 떠났다.

작은 교토 야마구치

에이와 2년(1376년) 여름, 오우치 히로요는 야마구치에 머물고 있었다. 신축한 야카타는 자리를 잡아 갔고, 점차 시가지가 형성되어 가는 것을 만족스럽게 여기던 차였다.

야카타 앞에 동서로 가로지르는 길에는 '오도노오지(大殿大路)'라고 거창한 이름을 붙였다. 그 길과 직각으로 만나는 일직선의 긴 도로는 다테고지(竪小路)라 하고, 나머지는 바둑판과 같은 길을 종횡으로 만들 계획이었다. 야마구치 분지는 거의 논밭이거나 참억새가 자라는 황무지였다. 때문에 새로운 마을 만들기는 백지에 그림을 그리는 것과 같아서, 자신이 원하는 대로 구상하고 실현하는 일이 가능했다. 히로요는 이 점이 썩 마음에 들었다.

이전에 쇼군 요시아키라를 만나기 위해 상경했을 때, 히로요는 처음으로 도회라는 것을 접해 보았다. 왕도를 품은 화려한 교토 분지의 모습을 눈을 크게 뜨고 살펴보면서 그 지형이 야마구치와 닮았다는 생각이 들었을 때부터 이미 계획은 그의 가슴

속에서 점점 자라고 있었다. 분지 중앙에 흐르는 이치노사카가와(一ノ坂川)를 교토의 가모가와(鴨川)에 빗대어 작은 교토를 만드는 사업은 히로요 이후 오우치씨 대대로 이어졌다.

히로요는 한 배는 아니지만 남녀 여덟 명씩, 총 열여섯 명의 자식을 두었다. 차남, 사남이 요절했기 때문에 장남인 마고타로 밑에 미쓰히로(滿弘, 삼남), 히로마사(弘正, 오남), 모리하루(盛見, 육남), 히로모치(弘茂, 칠남, 新介라고도 함), 히로쥬(弘十, 팔남) 등 여섯 명의 아들이 있었다.

딸 여덟 명은 쇼니와 오토모 등의 명망 있는 가문에 각각 시집보냈다. 쇼니 후유스케의 아내가 된 것은 장녀였다. 후유스케는 미시마 진지에서 이마가와 료슌에게 모살당한 인물이다. 히로요는 자신의 사위가 독을 품고 혼절하는 장면을 두 눈으로 똑똑히 보았던 것이다.

"무슨 일이냐."

자리에서 물러난 히로요가 마고타로에게 물었다. 분노라고 하기보다는 혐오에 가까운 말투로 내뱉었다.

"후유스케 도노가 조금 빨리 오셨어야 했습니다. 다자이후를 공격할 때에 모른 체하던 것을 저는 좀 이상하다고 생각했습니다."

마고타로는 료슌을 약간 변호하듯이 말했다.

"너는 네 누나의 남편이 그런 보복을 당했는데 분하지도 않느냐."

"억울하기는 합니다만, 오우치의 사람들이 싸움에 임하고 있는데도 가만히 지켜만 보는 후유스케 도노의 속내를 알 수가 없다고 아버지께서도 말씀하시지 않았습니까?"

"그것과는 다르지. 그렇다면 너는 후유스케가 죽어도 마땅하다는 것이냐?"

"이심을 품고 있다고 오해받을 만했습니다."

"……."

히로요는 무언가 무서운 것을 발견이라도 한 듯이 마고타로의 얼굴을 응시했다. 그리고 아무 말도 하지 않았다.

규슈 단다이가 다자이후에 가까스로 자리 잡은 것을 확인하자, 히로요는 사천 명의 오우치 병사를 이끌고 야마구치로 돌아왔다. 마고타로는 아버지에게 한동안 료순의 지휘하에 있어야 하지 않겠느냐고 진언했지만, 아버지가 반대하자 주장을 굽히고 함께 야마구치로 돌아왔다.

쇼니 후유스케 독살 사건이 결정적인 계기가 되어 히로요는 이마가와 료순을 기피하게 되었고, 결국 규슈 단다이에게 등을 돌리고 말았다. 역시 이 사건에서 신뢰를 잃은 시마즈도 군대를 철수시켜 버렸다.

이마가와 료순은 우선은 규슈의 남조 세력을 장악하게 되었지만, 이후에 세를 만회한 기쿠치씨 때문에 고전하게 된다. 료순은 히로요에게 직접 원조를 청하지 않고 교토의 쇼군에게 고충을 털어놓으며 처리를 부탁했다. 그의 생각대로 쇼군 요시미쓰는 오우치씨에게 료슌을 원조하라는 명을 편지로 보냈다. 그러나 히로요는 좀처럼 움직이려 들지 않았다.

"규슈에 병사를 보내도록 합시다."

견디다 못한 마고타로가 히로요에게 말했다.

"신경 쓰지 말거라."

"쇼군의 명령입니다."

"아무리 명령이라도 자국을 위험에 처하게 만들면서까지 원군을 보낼 수는 없는 법이다. 요즘 아키의 움직임이 심상치 않지 않느냐."

"그것은 아버님이 아키를 노리고 있기 때문 아닙니까. 우리 쪽에서 먼저 시작하지 않으면 전쟁은 일어나지 않을 것입니다."

"아무튼 이마가와를 도와주는 일은 싫다. 게다가 규슈에 가면 쇼니와 싸우게 될 것이다."

독살당한 후유스케의 동생 요리즈미(賴澄)가 우치야마 성에 틀어박혀 규슈 단다이에게 반기를 들고 있다고 한다.

"기쿠치씨와 적대하던 쇼니씨를 그렇게 처리한 것은 료슌의 실책이다."

"그건 좀 다르지 않습니까?"

첫 전장 이후 한층 성장하여 열아홉이라는 실제 나이보다 성

숙하고 침착해진 마고타로가 처음으로 아버지에게 반론을 제기했다.

치쿠젠을 자신의 영토로 생각하고 있던 쇼니씨는 원래부터 규슈 단다이에게 악의를 품고 있었다. 단다이의 부름에 후유스케가 일부러 늦게 간 것도 그러한 의사를 표시하기 위함이었다. 처음부터 화근을 없애 버리려 한 료슌의 판단도 일리는 있었다.

"너는 심하게 이마가와 편을 들고 있구나."

히로요는 호탕하게 웃어 보였지만 눈만큼은 매서웠다.

야마구치 분지의 여름 역시 교토와 닮아 더위가 지독했다. 삼면을 둘러싼 산 위의 적란운이 조금도 움직이지 않는 날이 지속되었다. 찌는 듯한 무더위 속에서 아버지와 아들은 땀을 흘리며 간담이 서늘해지는 대화를 주고받았다.

"아무튼 다자이후에 가야만 합니다."

"이마가와를 도와줄 마음은 없다."

"지금은 좋고 싫음이 아니라 막부의 명령을 따라야 할 때입니다. 오우치의 충성심을 보여 주는 일은 매우 중요합니다."

"천하는 막부만의 것이 아니다. 미야가타 세력도 있다. 무슨 일이 생기면 미야가타 쪽으로 옮겨야 할 수도 있어. 나는 지금까지 그렇게 처신해 왔다."

"미야가타 세력은 이미 쇠하였습니다. 규슈에서 이미 기쿠치씨가 고립되지 않았습니까."

"그 고립된 기쿠치씨와 쇼니씨가 한편이 되었기 때문에 규슈 단다이는 지금 비명을 지르고 있다."

"결국 기쿠치씨도 그렇고 쇼니씨도 숨통이 끊겨 규슈는 막부에 의해 통일될 게 분명합니다."

"너는 아직 어리다. 이마가와의 호언장담에 속아 그런 생각이 드는 거겠지. 아직 정해진 바도 없는데 오우치가를 걸고 싸울 수는 없다."

착실하게 작은 돌을 쌓듯이 노력한 결과 스오와 나가토의 지배권을 장악하고 야마구치에 본거지까지 두게 된 것을 히로요는 만족스러워했다. 지금은 그 이상의 파란을 피하고, 조용히 힘을 기르고 싶은 것이다.

생각해 보면 히로요의 아버지 히로유키(弘幸)는 무기력한 인물이었다. 숙부 나가히로(長弘)에게 적류(嫡流)의 지위를 무시당했던 것이다. 나가히로는 히로유키, 히로요 부자를 밀어내고 스오국의 슈고직을 빼앗아 버렸다. 성인이 된 히로요는 나가히로를 멸망시켜 아버지의 해묵은 한을 풀고 오우치가의 정통을 회복시켰다.

히로유키에 비하면 히로요는 패기와 정치력을 갖추고 있었다. 남북조의 전쟁에 편승하여 위축되어 있던 오우치의 세력을 나가토국으로까지 확장하였던 것이다. 그런 히로요를 아들인 마고타로가 압박하고 있었다.

'나를 닮지 않았어.'

히로요는 뭔가 숙명과도 같은 것을 느꼈다. 젊음을 믿고 스스로 규슈의 쟁란에 뛰어들려고 하는 마고타로의 무서운 체취에, 그는 어떤 두려움 같은 것을 느끼고 있었다.

특히 히로요의 마음에 들지 않는 것은 마고타로가 이마가와 료슌을 깊이 신뢰하고 있다는 점이었다. 히로요가 료슌에 대해 반발심을 일으키는 것은, 료슌이 세련된 교양을 자랑하며 거만한 태도로 시골 다이묘 히로요를 대하기 때문만은 아니었다. 그 음습한 성격이 견딜 수 없었다. 쇼니 후유스케의 독살은 료슌의 음험한 성격에서 비롯된 것이며, 또 오우치씨의 존재를 가볍게 여기고 있기 때문에 벌어진 일이라 생각했다.

혐오는 곧 증오로 바뀐다. 아무리 자식이지만 그런 료슌을 흠모하는 마고타로가 히로요는 역겨웠다.

"규슈에 병사를 보내야만 합니다."

초조해진 마고타로는 같은 말만 계속 반복하였다.

"그렇다면 군사 오백 명을 너에게 맡기겠다. 가거라."

결국 히로요가 의지를 굽히고 말았다.

"오백 명입니까?"

"납득하지 못하겠다면 그만두도록 해라."

"아닙니다. 그렇다면 나이토(内藤), 스기(杉), 스에(陶)를 붙여 주실 수 있으신지요?"

“오우치의 주요 무장들을 모두 출장시킬 수는 없다. 스기 시게쓰라(杉重運), 스에 히로나가(陶弘長)만 데리고 가거라.”

“히라이 미치스케(平井道助), 노가미 부젠(野上豊前)도 함께 데려가고 싶습니다.”

“…….”

“그들은 규슈에서 싸우고 싶다고 했습니다.”

“네가 교사했겠지.”

히로요는 조소하는 말투로 마고타로를 비난했다.

말문이 막힌 마고타로의 낯빛이 바뀌었다.

“우치야마 성에는 쇼니 요리즈미가 틀어박혀 있어. 분명 그를 공격하는 전쟁에 가담하게 될 것이다. 각오는 되어 있겠지. 요리즈미는 후유스케의 동생이라는 사실을 단단히 기억해 두어라.”

히로요는 집요하게 비아냥거렸다.

“쇼니건 기쿠치건, 눈앞의 적은 모조리 없애 버리겠습니다.”

“친형제라 해도?”

“그것은 흔히 있는 일입니다. 아버지가 숙부를 쓰러뜨린 것과 같습니다…….”

“친형제라 해도 말이냐?”

히로요는 다시 한 번 확인했다. 마고타로는 분명한 말투로 당당하게 답했다.

“친형제라 해도 마찬가집니다.”

"대단한 마음가짐이구나."

"대단하다고 하셨습니까? 저 마고타로는 추한 마음가짐이라 생각하지만, 이것이 세상사라면 도리가 없다고 생각하는 수밖에요."

"됐다. 네가 생각한 대로 행동하거라. 나는 나대로 행동에 옮길 터이니."

"무엇을 말입니까?"

"네가 신경 쓸 일은 아니다. 너는 규슈에서 뜻대로 싸워 오우치의 이름을 드높이도록 해라. 목숨을 아까워해서는 아니 될 것이야. 집안에는 아직 다섯 명의 남자가 남아 있다."

목숨을 아끼지 말라는 말은 출전하는 아들을 격려하기 위해 한 것이지만, 집안에 아직 다섯 명의 남자가 있다고 덧붙인 것은 사족이었다. 그것은 네가 대를 잇지 않을 수도 있다는 선고와 마찬가지였기 때문이다. 즉, 아버지의 뜻을 거스르는 아들에게는 영주의 자리를 물려 줄 수 없음을 암시하는 말로 받아들여질 수 있다. 규슈 출병을 서두르는 마고타로를 히로요는 어지간히 마음에 두고 있었던 것이다. 출전 직전의 자식과 끈덕진 감정을 주고받으면서 히로요는 단단히 결심한 것이 있었다.

마고타로는 오백 명의 군사를 이끌고 무더운 야마구치를 출발하여 이마가와 료순이 원조를 기다리는 규슈로 향했다.

가인歌人의 전야戰野

기쿠치군에 포위된 다자이후는 위기에 처해 있었다.

막부의 명령을 받은 아키의 모우리 모토하루(毛利元春) 병사 삼천 명이 달려왔고, 여기에 오우치 마고타로의 오백 명 군사가 합세하여 그 포위망을 뚫었다. 이때에는 오토모씨의 신병도 도착하여 힘을 더해 주어 규슈 단다이는 단숨에 열세를 면하였다.

"우치야마 성의 쇼니가 눈엣가시다. 이참에 없애 버리고 싶다."

이마가와 료슌이 말했다. 예상한 대로였다. 여러 무장이 모인 자리에서 심경을 밝히면서 료슌은 마고타로를 흘끗 쳐다보았다.

"저희 군사 오백 명이 앞장서겠습니다."

마고타로가 즉답했다. 어차피 공격에 가담해야 한다면 뒤에서 헤매다 묘한 의심을 받느니 차라리 앞장서는 편이 낫다고 생각했던 것이다.

"음, 좋소. 나카아키의 병사도 배정할 터이니 합세하도록."

기분이 좋아진 료슌은 일동을 죽 훑어보면서 말했다.

"규슈 단다이로서 본인의 노력은 물거품이 되었소. 많은 병사들이 기쿠치 세력에 밀려 목숨을 잃었소이다. 염치도 없이 이 자리에 앉아 있기만 한다면 쇼군의 노여움을 사게 될 것이고, 또 다른 집안의 비웃음거리가 될 것이 분명하오. 다시 한 번 싸워 쇼니를 물리치고 기쿠치를 퇴치하고자 하니, 모두 힘을 빌려 주시게."

료슌은 온순하게 머리를 숙이며 말했다.

우치야마 성은 다자이쇼니 무토씨에 의해 축조된 성으로서, 이중의 보루와 해자가 둘러치고 있는 요새이다. 쇼니 성을 쓰기 시작한 무토의 자손들이 대대로 이 성벽을 지키고 있었다. 기쿠치씨와 싸워 낙성한 일도 있었지만 지금은 기쿠치와 서로 마음을 합하여 규슈 단다이에 대항하고 있다. 다자이후에 있어서는 위협적인 존재인 것이다.

우치야마 성 공격은 7월 말부터 시작되었다. 이마가와 료슌의 동생인 나카아키의 군사 일천 명과 오우치 군사 오백 명이 정면을 습격하고, 료슌이 자국 엔슈(遠州, 도토미遠江국의 다른 말)에서 부른 오천 명의 군사와 오토모의 군사 사천 명이 측면에서 공격하였다.

더위가 기승을 부리는 가운데, 땀과 피가 범벅이 되는 전쟁이 열닷새 정도 이어졌지만 끝날 기미가 보이지 않았다. 소문과 같이 대단한 요새였다. 성 안에는 쇼니의 가신뿐만 아니라 꽤 많은 기쿠치 군사도 숨어서 완강하게 버티고 있었다.

마고타로에게는 스에 히로나가, 스기 시게쓰라, 히라이 미치스케, 노가미 부젠 등의 장수 네 명이 따르고 있었다.

미치스케가 말했다.

"듣자 하니 예전에 이 성을 기쿠치가 함락시켰을 때에는 배신자가 나와 기쿠치군을 성 안으로 끌어들였다 합니다. 같은 방법으로 오테몬(大手門)을 열어야 합니다. 그렇지 않고 보루를 넘어 공격하기에는 많은 희생이 따릅니다."

"좋은 수가 있는가?"

"사흘만 시간을 주십시오."

미치스케는 부하 몇 명을 데리고 본진에서 나갔다. 그가 다시 모습을 나타낸 것은 이틀 뒤였다. 웃으며 가슴을 치는 걸 보니 일이 잘 풀린 모양이었다.

"내일 아침 진시(오전 8시)에 오테몬이 열릴 것입니다. 제일 앞줄에 나오는 사람 열 명은 눈감아 주기로 약속했습니다. 그들과 교대로 돌진하면 됩니다."

미치스케는 자세히 작전을 설명했다.

"그렇다고는 하나, 어떻게 성 안으로 통할 수 있단 말입니까?"

스에 히로나가가 물었다.

"쇼니 후유스케의 가신 일족이 양분되어 단다이 쪽으로 귀순

한 사람과 성 안에 남아 있는 사람으로 나뉘었다 들었습니다. 그걸 이용하시면 됩니다."

두 사람이 성으로 잠입하여 '곧 교토에서 출발한 쇼군의 군사 오만이 도착할 것이다. 귀순할 의향이 있다면 지금이 기회다. 문을 열고 나오면 목숨만은 보장한다.'고 일족을 설득하였다 한다. 예상대로 성 안으로부터 책략 성공의 회신을 받았다며 미치스케는 화살 편지를 펼쳐 보였다.

밤사이, 마고타로의 군사는 소리를 죽이며 우치야마 성 오테몬 근처까지 접근했다. 주위는 높다란 삼나무가 울창했다. 그 가운데 한 줄기의 좁고 길게 패인 언덕길이 달리고 있었고, 막다른 곳의 오테몬 부근에는 여러 겹의 가시울타리가 쳐져 있었다.

동정을 살펴보았다. 이틀 정도 공격을 미룬 탓인지, 적은 방심한 듯 화톳불을 군데군데 피워 놓고 있을 뿐, 성내는 쥐 죽은 듯 조용했다.

군량의 햅쌀을 씹으며 대기하는 가운데, 날이 훤히 밝아왔다. 우유빛깔 빛이 나무 사이로 비스듬히 들어왔다. 빛 때문에 산속에 숨어 있던 사람들의 모습도 드러났다. 이윽고 약속한 시간이 되었다.

문이 삐걱거리더니 서서히 열리고, 약간의 틈이 벌어졌다. 성을 지키던 병사 두세 명이 불안해하며 빠져나오기 시작하자 금세 오십 명에 가까운 인원이 되었다. 그들은 황급히 가시울타리를 움직이더니 일제히 좌우로 흩어졌다. 이 기회를 놓치지 않고 오우치 병사들은 안으로 뛰어 들어가 오테몬을 활짝 열었다. 다른 병사들은 가시울타리를 제거하며 길을 넓혀 주었다.

"지금이다. 돌진!"

말에 올라타자마자 마고타로는 지시를 내렸다. 그때, "잠깐 기다리십시오!" 하고 스에 히로나가가 제동을 걸었다.

"덫일지도 모릅니다."

"왜 그렇게 생각하는가?"

"오테몬이 열렸는데도 모두 모르는 척하고 있는 게 이상합니다."

"틀림없습니다."

노가미 부젠도 소리쳤다.

"아무리 배신자가 문을 열었다고는 하지만, 일이 너무 쉽게 풀리고 있습니다. 우리 작전을 알아챈 것 같습니다."

"아마 문 저편에 병사들이 숨어 있을 것입니다. 선발이 들어오면 문을 잠그고 독 안에 든 쥐를 죽이듯 공격할 것입니다. 경솔하게 움직여서는 안 됩니다." 하고 히라이 미치스케는 말했다.

이어서 그는 "면목이 없습니다. 그러나 저는 저들과 함께 죽을 것입니다." 하고 소리치며 갑자기 달리기 시작했다. 자신이 세운 계획이 실패한다 할지라도 그 책임을 질 작정이었던 것이다. 이미 오우치의 병사들은 성문을 향해 돌진하고 있었다. 만류할 수는 없었다.

"기꺼이 덫에 걸려 주마."

마고타로는 미치스케를 따라가기 위해 채찍질을 거듭했다. 이렇게 된 이상 공격하는 수밖에 없었다. 히로나가 등 다른 장수도 뒤따랐다.

"문 뒤에 적이 있을 것이다. 먼저 그들부터 처치하라."

마고타로는 외쳤다. 오우치 병사 삼백 명이 오테몬을 지나자 예상했던 대로 문이 닫히기 시작했다. 성을 지키는 병사 수백 명이 숨어서 기다리고 있었던 것이다. 난입한 오우치군의 등 뒤에는 엄청난 화살이 몰아쳤다. 한편, 마고타로 일행은 문을 봉쇄하려는 병사들을 공격하기 시작했다. 성내에 잠복하고 있던 병사들이 돌연 모습을 드러내 일제히 공격을 퍼부었다.

"문이 닫히면 안 된다!"

명령을 내리던 마고타로는 무리 지어 오는 적들을 언월도로 베어 버리며 마음껏 활약하였다. 문은 닫히지 않았다. 이마가와 나카아키의 군사도 일제히 가세했다. 난전이었다. 마고타로 측은 문에 불을 질렀다. 쇼니 쪽은 덫을 놓았다고 생각했지만 역으로 스스로 문을 열어 적을 불러들인 셈이었다.

측면 공격도 시작되었다. 맹공을 견디지 못하고 결국 요리즈미는 자결하였으며 가신들 대부분도 뒤따라 죽었다. 일부는 기쿠치의 병사와 함께 성 밖으로 나가 치쿠고로 도망쳤다.

마고타로는 왼쪽 어깨에 화살을 맞았지만 큰 부상은 없었다. 히로나가 등 네 명의 장수도 무사했다. 그러나 부하 사십 명을 이 전쟁에서 잃고 말았다.

오우치 원군은 고작 오백 명인가, 하고 뒤에서 험담하는 사람들도 있었지만 결과적으로 사람들은 이 싸움으로 오우치군을 달리 보게 되었다.

"잘 싸워 주었소."

이마가와 료슌은 마고타로에게 칭찬을 아끼지 않았고, 이를 교토에 서신으로 알렸다.

전쟁이 일단락된 후, 오토모의 병사들은 철수하였다.

"기쿠치씨가 남조 세력을 결집하여 일격할지 모른다. 영지를 확고히 지켜야만 한다"는 핑계로 철수한 것이었지만, 의리를 다 한 이상 남아 있을 이유가 없다는 듯한 느낌을 주었다. 료슌도 눈치는 채고 있었지만 고압적인 자세로 협력을 강요하는 것이 능사는 아니라고 생각했다. 지금은 동생 나카아키의 군사와 자신의 군사 오천 명, 아키의 군사 이천 명, 그리고 소수이지만 마고타로의 오우치군이 다자이후를 지키고 있으면 규슈 단다이의 지위는 지킬 수 있다고 판단했다.

"마고타로 도노, 이 노래는 어떤가."

어느 날 료슌이 웃으면서 노래를 한 수 읊어 주었다.

'문득 떠올리네. 고향 하마나(浜名) 호숫가 다리 가을의 석양.'

"고향을 그리워하는 노래군요."

마고타로는 그 정도 대답밖에 할 수 없었다.

"교토를 떠나 치쿠젠에 온 지도 3년 이상 지났소. 엔슈가 맘에 걸려. 관령(管領, 직명 중 하나. 쇼군을 보좌하며 정무를 통괄하던 벼슬) 호소카와 요리유키(細川頼之)에게 보낸 편지 말미에 이 노래를 써 보냈더니 역시나 내 기분을 알아주었소."

호소카와로부터 엔슈에 별다른 일은 없다는 답이 온 모양이었다.

"노래는 귀중한 보물과도 같군요. 말하기 어려운 것도 노래로는 전할 수 있습니다"라고 말했지만, 마고타로는 문득 아버지의 굳은 얼굴이 떠올랐다. 출발 직전의 날선 모습이 마음 한구석에 남아 있었던 것이다. 우치야마 성을 함락시킨 직후 간단한 보고서를 야마구치에 보내기는 했지만 회신이 없었다. 만약 이상한 노래를 끝에 첨부했다면, '이마가와한테 물들어서는……' 하며 조롱했을 것이다.

'나는 나대로 행동에 옮길 터이니'라던 히로요의 말도 귓전에서 떠나지 않았다. 언젠가 아버지의 의중을 확인하고는 소스라

치게 놀랄 일이 있을 것이라 생각하니 마고타로는 불안해졌다. 무언가 일을 꾸미는 듯도 했지만 도무지 알 수가 없었다.

"마고타로, 노래를 배우고 싶소?"

생각에 잠겨 있던 마고타로에게 갑자기 료슌이 말을 걸었다.

도토미(遠江) 슈고 이마가와 료슌은 그 수완을 높이 평가받아 무로마치 막부의 내담 접수 역할(內談引受頭人)을 명받고 교토로 나왔다. 이는 소송 심리에 해당하는 요직이다. 그는 교토에서 귀족들과 교제를 쌓으면서 문인의 자질을 갖추려고 노력했다. 문장력도 좋고 와카(和歌), 렌가(連歌)의 실력도 상당했다.

규슈 단다이로 부임하던 길에, 교토에서 아카마가세키(赤間關)까지의 견문을 엮은 책 『도정(道ゆきぶり)』은 훌륭한 기행문으로서 후대까지 전해지고 있다. 쇼니에 대한 공격이 끝났을 무렵 료슌이 틈틈이 『도정』 정서에 집중하는 것을 마고타로는 경외하는 마음으로 바라보았다. 원래부터 노래에 관심이 없었던 것도 아니던 차에, 료슌이 가르쳐 주겠다 하니 가벼운 마음으로 응할 수 있었다.

"교토에서는 매년 정월 19일 막부 렌가 대회가 열리오. 일간 마고타로 도노도 초대받을 것이니 지금부터 연습해 두는 것이 좋소."

11세기 말, 인세이(院政) 시대부터 시작된 렌가는 육성기를 거쳐 당시에는 당대문학으로서 확립기에 이르러 있었다. 치쿠시(筑

紫) 야전에서 마고타로는 료슌에게 렌가의 기본을 배우며 아직 본 적이 없는 교토에 대하여 어렴풋한 동경을 품기 시작했다.

요시히로 아손義弘 朝臣

“이제는 마고타로라는 이름이 어울리지 않아.”

이전부터 이마가와 료슌은 마고타로의 개명에 대해 생각하고 있었다. 우치야마 성을 함락시키고 나서 석 달이 지났을 즈음, 쇼군 요시미쓰의 이름 가운데 한 글자를 가져올 수 있도록 이미 허락을 구해 두었다. 모두 료슌이 적극 추천했기 때문이었다.

결국 요시미쓰의 ‘요시(義)’와 아버지 히로요의 ‘히로(弘)’를 한 자씩 가져와, ‘요시히로(義弘)’라고 개명하게 되었다. 아직 전장에 있던 터라 개명에 관해서 아버지 히로요와 의논하지는 못했다. 모두 료슌의 특별 조치로 이루어졌던 것이다. 히로요가 반대하지는 않을 거라고 판단한 듯했다. 결국 사후 승낙이라는 형태를 취하게 되었고, 히로요로부터는 ‘고맙습니다’라는 간단한 회신이 왔을 뿐이었다.

이제 ‘오우치 요시히로’가 된 마고타로는 이어서 부젠(豊前)국 슈고에 임명되었고, 나아가 사쿄곤노다이후(左京權大夫)라는 관직에도 오르게 되었다. 교토는 스자쿠몬(朱雀門)에서 라죠몬(羅城門)

에 이르는 스자쿠오지(朱雀大路)를 경계로 하여, 그 동서 구역을 두 개의 교시키(京職)가 관할한다. 동쪽이 사쿄(左京)다. 현재의 교토 시는 대부분 이 사쿄에 속한다. 사쿄시키의 장관이 사쿄다이후, 곤노다이후는 차관에 해당한다. 경찰권까지 포함한 요직으로, 사쿄곤노다이후의 관위는 정5위하이다.

원래 이 관직은 다이호 율령(大宝律令) 이래의 제도로, 이미 유명무실화되어 있었다. 무가가 막부 기구 가운데의 역직 외에 조정의 허명에 지나지 않는 관위, 관직을 끊임없이 요구한 것은 에도 시대 말까지 이어졌다. 이러한 고대적 권위야말로 무가정권하의 조정을 지탱하게 만드는 것이었다.

—부젠국 슈고, 사쿄곤노다이후, 정5위하, 오우치 요시히로 아손(朝臣, あそん, 5품 이상인 사람의 성 또는 이름에 붙여 쓰는 경칭).

눈부신 칭호를 얻은 무장 한 사람이 여기에 나타난 것이다. 아버지로서는 대를 이은 출세가 당연히 기쁠 터. 그러나 히로요는 다시 태어난 것같이 변한 마고타로와 그의 전도를 크게 축복하지는 않았다. 료슌의 배려로 어느새 자신을 넘어서 버린 아들의 모습이 그의 마음을 닫히게 만들었다.

과거 미나모토 요시쓰네(源義經)가 단노우라(壇ノ浦) 전투에서 헤이케(平家)를 섬멸하고 교토로 개선했을 당시, 고시라카와 법황(後白河法皇)으로부터 게비이시(檢非違使, 치안, 풍속, 범죄 등을 전속하고 재판을 관장하던 관직) 관직을 받았는데, 가마쿠라(鎌倉)에 있던 요리토모는 아무런 의논도 없이 관직을 받은 요시쓰네의 독단에 불쾌한 심정을 감출 수 없었다. 이전부터 미묘했던 공기는 더욱 싸늘해졌고, 형제의 관계는 비극적인 결말을 예고하기도 했다.

히로요의 심경이 바로 요리토모와 같았는지도 모른다. 그러나 그는 요시히로의 아버지이다. 아무런 조건 없이 기뻐해 주리라고 기대했던 것은 요시히로의 어리광에 지나지 않으며 료슌이 경솔했기 때문이다. 어쩌면 료슌은 히로요의 입장을 이미 염두에 두고 있었는지도 모른다. 요시히로는 아버지가 원군 파견에 반대한 것을 숨기고 있었지만 료슌은 이미 알고 있었다. 히로요를 무시하는 듯 요시히로의 신분만 올린 것은 료슌의 마음이 틀어져 있다는 말이었다.

히로요의 기분은 더욱 심각했다. 개명과 관위, 관직 등은 참을 수 있었지만 부젠국 슈고라는 현실의 이권에 관한 부케가타의 지위 문제는 그냥 넘길 수 있는 것이 아니었다. 막부가 규슈 경략에 대한 오우치씨의 공로를 인정하여 부젠국을 영지로 하사한다면, 그것은 아직 활동하고 있는 히로요에게 주는 것이 마땅하다. 영지는 장남 요시히로가 대를 이을 때 상속하면 되는 것이다.

'이마가와 료슌은 우리 부자를 싸우게 만들어 하루라도 빨리 요시히로를 오우치 호주에 앉히고, 단다이의 후원자로 만들고 싶은 속셈이다.'

의심암귀(疑心暗鬼)라 했던가. 히로요가 이를 드러내고 으르렁거리는 것을 알고 있다는 듯이, 료슌은 일부러 히로요의 신경에 거슬리는 계획을 착착 진행시키고 있었다.

그것은 바로 요시히로의 연담이었다. 료슌은 자신의 동생 나카아키의 딸 미쓰히메(美津姬)를 요시히로와 결혼시키려 했다. 이에 대해서는 나카아키가 먼저 반대했다. 딸 미쓰히메는 나이가 아직 열두 살밖에 되지 않았으므로 혼사는 이삼 년 뒤에나 치르고 싶다며 주저했던 것이다. 그러나 나카아키의 본심은 따로 있었다. 그는 오우치와 같은 시골 호족이 아니라 명망 있는 집안에 딸을 보내고 싶었다. 게다가 당시에는 일진일퇴의 전쟁이 이어지고 있던 터였다. 요시히로의 목숨이 언제 달아날지 모르는 일이었다.

"요시히로가 맘에 들지 않는 것이냐."

료슌이 말했다.

"아니오. 그는 뛰어난 기량을 가진 장수로 더할 나위 없이 좋은 사윗감이라 생각합니다."

전장에서 요시히로와 몇 번이나 함께한 적이 있는 나카아키는 진심으로 그렇게 생각하였다.

"그렇다면 괜찮지 않은가. 지금 당장 결혼시키겠다는 것도 아니다. 일단 약속만 해 두고, 규슈가 정리될 때까지 기다릴 것이야."

료슌은 오우치씨의 적자를 이마가와의 혈연에 끌어들여야 한다고 집요하게 설득했다. 료슌에게 마음이 넘어온 요시히로에게 이견은 없을 터. 남은 것은 히로요의 동의를 구하는 것뿐이다.

"상의 드릴 것이 있어 스오로 가고 싶소만, 아시다시피 규슈의 사정이 좋지 못해 자리를 뜰 수 없으니 다자이후로 와 주셨으면 하오."

료슌은 대강의 사정을 이야기하며 히로요를 초청했다. 그러나 히로요로부터는 '지금 정무가 바빠 움직일 수 없으니 요시히로 건은 잘 부탁합니다'라는 자포자기식 대답이 돌아왔다.

"히로요 도노가 매우 바쁘신가 보구나. 승낙한 것으로 알고 그렇게 하도록 하지."

료슌은 언짢았지만 그런 반응을 예상하지 못한 바도 아니었다.

"무엇이 그리 바쁘신 걸까요."

요시히로는 고개를 갸웃거렸다.

"아마도 야마구치를 정리하는 데 열중하고 계시겠지. 야마구치를 서쪽의 교토로 만들려는 의지가 아니겠는가. 나도 한번 보고 싶구나."

"야마구치에 성을 쌓지 않는다고 하시니, 좀 이상합니다."

"삼면이 산으로 둘러싸여 있으니, 자연 자체가 천혜의 요새 아니겠는가."

"그리 생각하십니까."

"아무튼 규슈의 전쟁이 정리가 되면 자네도 야마구치에 돌아갈 수 있겠지. 그땐 엔슈의 미쓰히메와 함께 축언을 드리도록 하게나. 나도 동행하여 야마구치를 천천히 구경하고 싶구나."

그런 이야기를 듣고, 요시히로는 자신의 처가 될 미쓰히메를 떠올렸다.

"아직 열두 살이지만 보기 드문 미인이야. 야마구치에 시집을 올 즈음에는 더욱 여성스러워져 있을 거야."

요시히로의 호기심을 자극하듯이 료슌은 몇 번이나 같은 말을 되풀이했다.

"그런데 미쓰히메는 이 사실을 알고 있습니까."

"바보 같은 소리!"

료슌은 크게 웃으며 말했다.

"아버지 나카아키가 이미 그렇게 정한 일이 아닌가. 게다가 자네와 같은 훌륭한 남자를 보고 싫어할 여자는 없을 것이야. 안심해도 좋아."

"……."

"가능한 한 규슈에서 무훈을 쌓아야 해. 요시미쓰 쇼군께도 자네의 눈부신 활약상을 보고한 바 있어. 쇼군이 기억해 주셔서 언젠가 자네도 교토에 입성할 날이 올 게야."

료슌은 끊임없이 상대의 기분을 고양시키는 말을 늘어놓았다.

그 빈틈없는 말은 지금의 요시히로에게 유쾌하게만 들렸다.

황폐한 전장에도 늦가을은 찾아왔다. 선혈과 같은 단풍잎을 바라보는 요시히로의 눈에는 여인상이 겹쳐졌다. 아직 환영에 지나지 않은 여인이었다.

—미쓰히메.

환영이기 때문에 더욱 아름답게 여겨졌다. 이 젊은 무장의 가슴에는 여인의 모습이 스며들었다.

오우치 히로요는 적자의 연담에 대해 의논하고 싶다는 규슈 단다이 이마가와 료슌의 초청에 응하지 않았다. 정무가 바쁘다는 성의 없는 회신은 핑계에 불과했다. 요시히로는 아버지의 이러한 태도가 이상하다고 생각했다.

'야마구치에서 무슨 일이 일어나고 있음이 틀림없어.'

그는 기묘한 가슴의 고동을 느꼈다.

료슌은 아무렇지도 않은 듯 '야마구치를 정리하는 데 분주하시겠지.' 하고 말했지만, 그 역시 히로요를 의심하고 있었다. 히로요의 반항적인 자세를 대수롭게 여길 인물이 아니었던 것이다. 료슌은 곧장 사람을 보내 야마구치의 동태를 살피도록 했다. 생각했던 대로 히로요는 출병 준비를 하고 있었다.

마침 규슈 단다이의 병사들은 히고로 진격하여 기쿠치의 본거지를 공격하려던 참이었다. 히로요가 그곳에 원군을 보낸다면 사전에 제안을 했어야 마땅하다.

'돌연히 그런 일을 벌일 인물이기도 하지.'

요시히로는 속으로 그렇게 기대했지만 예상은 빗나갔다. 히로요가 아키에 출병했다는 소식이 들어온 것은 해가 바뀐 에이와 3년(1377년) 4월이었다.

아키국 침입은 이전부터 히로요가 계획했던 일이었다. 나가토의 고토씨를 섬멸한 뒤, 이어서 이와미국 슈고가 된 히로요는 기어이 아키까지 손에 넣고자 했다. 당시의 히로요는 아직 해협 건너편에 있는 규슈 영토에 야심을 품지는 않았지만, 이와미, 아키, 스오, 나가토 이 네 나라만큼은 장악하고 싶다고 절실하게 염원했다. 이 지역을 수중에 넣으면 오우치씨의 서중국 지배권은 일단 안정된다고 판단했던 것이다.

이마가와 료슌에 대한 히로요의 혐오감은 요시히로의 일과도 관련하여 극으로 치달았다. 자신의 곁을 떠나 오로지 료슌에게 충성을 다하는 아들 요시히로에 대해서도 마찬가지였다. 히로요는 먼발치에서 아들을 증오의 눈으로 바라보고 있었다. 이렇게 된 이상 규슈 단다이의 눈치를 보지 않고 자신이 원하는 일을 하겠다는 듯, 히로요는 다소 자포자기한 상태였다.

그렇다고는 하지만 같은 북조에 속해 있으면서 규슈의 남조 세력과 싸우고 있는 인근 나라의 틈을 엿본다는 것은 도리에 어긋나는 일이다. 히로요의 군사는 국경의 오세가와(小瀬川)를 건너

아키를 공격하기 시작했는데, 수비가 허술한 틈을 타 단숨에 구석까지 정복할 작정이라는 소식이 전해져 왔다.

누구보다 당황한 것은 단다이 세력의 일익을 담당하며 규슈에서 싸우고 있는 모우리의 병사 이천 명이었다. 오우치의 맏아들 요시히로는 료순의 측근으로서 같은 전장에서 활약하고 있었다. 설마 그러한 오우치가 빈틈을 노려 영지를 침략하리라고는 꿈에도 생각하지 못했던 것이다.

'미친 짓이야.'

요시히로는 몹시 분했다.

"당장 돌아가 아버지를 만나도록 합시다."

요시히로가 말했다.

"침착하게."

료순은 의외로 냉정했다. 일단은 상황을 구체적으로 파악하자는 것이었다. 모우리 병사 등이 동요하고 있기 때문에 히고에 대한 진격은 잠시 중지하고 대기하도록 했다.

히로요가 싸움을 준비하고 있다는 소식을 듣고 난 후 미리 일의 순서를 정해 둔 것이다. 전부터 보내 둔 첩자들이 차례로 돌아와 상황을 보고하는 바에 의하면, 히로요는 모우리씨 중에서도 남조에 가세하려 하는 가신과 손을 잡고 아키에 대한 침공을 계획하고 있는 듯했다. 료순은 쇼군에게 급사를 보내 이 일을 보고했다.

"오우치 히로요의 이와미 슈고를 면직한다."

막부는 곧장 히로요에게 가차 없는 통고를 했고, 더 이상의 배신행위가 계속된다면 막부 군대를 보내겠다고 위협했다. 히로요 역시도 두려웠는지, 혹은 그것도 계산된 것이었는지 그해 여름이 끝나기 전에 아키에 있던 오우치군을 철수시켰다. 빠른 처신으로 막부와의 대립은 잘 해결되었지만 히로요와 요시히로 사이에 감도는 음습한 공기는 이후로 점점 위태롭게 커져만 갔다.

혈육 간의 전쟁

기쿠치씨에 대해 잠시 언급해 두자.

히고기쿠치군(현 구마모토 현 기쿠치 시)에 본거지를 둔 호족으로, 선조는 다자이후의 관리였지만 그 후 가마쿠라 시대에도 그다지 이름을 떨치지 못했다.

기쿠치의 이름이 알려진 것은 '모토히로의 난(元弘の亂)'부터 남북조 시대에 걸쳐서이다. 가마쿠라 막부 멸망의 직접 동인이 된 모토히로의 난, 즉 고다이고 천황(後醍醐天皇)이 막부 토벌을 계획했을 때, 기쿠치 다케도키(菊池武時)는 하카타(博多)에서 친제이(鎭西) 단다이 호죠 히데도키(北條英時)와 싸우다 전사했다.

다케도키의 아들 다케미쓰(武光)는 아버지의 유지를 이어받아 남북조 분열 후에 규슈의 미야가타(남조) 선두에 섰다. 규슈 남조 세력의 핵심인 가네나가 친왕(懷良親王)을 옹립하고 규슈 단다이를 내쫓아 다자이후에 세이세이후까지 두는 등, 화려하게 활약하였다.

이마가와 료슌이 규슈로 내려가 오우치씨 등의 협력을 얻어 다자이후를 탈환한 이후, 기쿠치씨도 점차 쇠락해 갔다. 다케미쓰는 다자이후 함락 후에 치쿠고의 고우라산(高良山)으로 멀리 달아나 이듬해 숨을 거두었다. 다케미쓰의 아들 다케마사(武政)도 그 이듬해에 사망했기 때문에 기쿠치씨의 상속을 이어받은 것은 다케미쓰의 손자 다케토모(武朝)였다. 당시 다케토모의 나이는 열두 살이었다. 다케토모는 히고의 본거지인 기쿠치 성을 굳게 지키며 단다이 군사의 추격을 기다리고 있었다.

야마구치의 오우치 히로요가 아키국에 침입한 것은, 이마가와 료슌이 여세를 몰아 단번에 다케토모를 토벌하고자 히고로 군사를 몰고 가려 했을 때였다. 막부의 힐책을 받아 이와미국의 슈고직을 내놓은 히로요가 병사를 물렸기 때문에 이때는 큰 사건으로 이어지지 않고 끝이 났다. 료슌은 당장 기쿠치 토벌을 위해 병사를 출격시켰다. 이후 단다이군과 기쿠치를 주력으로 하는 남조 사이의 교전은 각지에서 펼쳐졌다.

치쿠젠을 떠난 단다이군은 먼저 치쿠고에 숨은 남조 세력을 패주시키면서 히고로 진격했다. 히고는 북으로는 분고(豊後), 치쿠고, 동으로는 휴가(日向), 남으로는 사쓰마(薩摩), 오스미(大隅)와 접하고 있었다. 다케미쓰 시대부터 세력을 확장한 기쿠치에 위협을 느끼고 있던 오토모씨는 스스로를 지키기 위해서라도 실로 열심히 싸웠다. 또 작은 세력이었지만 요시히로가 이끄는 오우치군의 분투도 훌륭했다.

수세에 몰린 기쿠치군은 그래도 도중에 여러 번 단다이군을 요격했지만 조금씩 밀리기 시작하더니 결국 기쿠치 본성과 지성에 틀어박혀 필사적으로 항전했다.

기쿠치의 본성은 기쿠치 강변의 평야를 일망할 수 있는 작은 산에 위치하여, 산기슭에는 와이후(隅府)라 불리는 시가지가 펼쳐져 있었다. 기쿠치 다케토모는 그 본성에 진을 두고 있었지만 세이세이(征西)쇼군(가네나가 친왕에서 요시나리 친황(良成親王)으로 바뀌어 있었다)은 다카토리 성(鷹取城)에 있었다. 다카토리 성은 진두에서 벗어나 있었기 때문에 만일의 경우에는 퇴로까지 확보할 수 있는 안전한 장소였다. 세이세이쇼군은 그저 이름만 쇼군일 뿐이었다. 때문에 규슈 단다이가 이끄는 대군은 다카토리 성을 무시하고 먼저 기쿠치 성과 그 지성인 구마베(隅部), 기노 성(木野城)을 포위했다.

역시 용맹함을 자랑하던 기쿠치씨의 본거지는 달랐다. 단다이군은 어떻게 공격해야 좋을지 몰랐다. 료슌은 장기전을 각오했다. 서서히 포위망을 좁혀 마지막 총공격을 가한 것은 여러 해가 지난 후인 고우와(弘和) 원년(1381년) 봄의 일이다. 장기간의 싸움에 지친 기쿠치군은 결국 패하고, 성을 잃은 다케토모는 야쓰시로(八代)로 물러났다. 세이세이쇼군을 맞이한 것은 기쿠치의 일족 우토(宇土)씨였다.

료슌은 십 년 후에 야쓰시로를 침공했다. 어쨌든 기쿠치씨가 다시 남조에서 활약하는 일은 없었다. 다케토모가 기쿠치군으로 돌아간 것은 남북조 통일 후였다. 급속하게 쇠락하여 전국시대에 이르러서는 오토모씨에게 멸망당하였다.

그런데 이마가와 료순이 히고에서 기쿠치씨를 공격하고 있을 무렵, 오우치 요시히로에게는 또 다른 변수가 일어나고 있었다.

요시히로에게 있어서는 불쾌하기 짝이 없는 소동이었다. 처음에는 귀를 의심했을 정도였다. 오우치 사부로가 돌연 병사를 일으켜 나가토국의 슈고를 죽이고 사카리야마 성(榮山城)을 함락시켜 요시히로에 대한 반기를 들고 있다는 것이었다. 요시히로보다 세 살 아래인 동생 사부로는 나중에 미쓰히로(滿弘)라 불리는 인물이다. 고랴쿠(康曆) 2년(1380년), 당시 그의 나이 22세였다.

역시 마가 들었다고 할 수밖에 없다. 형 요시히로를 대신하여 오우치가를 상속할 수 있을지도 모른다는 야심을 갖게 한 것은 아버지 히로요의 탓이다.

'대체 무슨 일인가!'

요시히로는 히고의 전장에서 이 소식을 듣고 탄식했다. 귀여워하던 동생이 칼을 들이대고 있는 것이다. 어차피 당랑지부에 지나지 않을 것이다. 요시히로의 배후에는 규슈 단다이 이마가와 료순이 있다. 나아가서는 무로마치 막부의 강대한 권력이 지금의 요시히로를 지지하고 있다. 노엽기보다는 딱하다는 생각이

들었다. 그러나 사부로보다 오히려 더 애처로웠던 것은 그의 뒤에서 조종하고 있는 아버지 히로요였다.

규슈 통일도 거의 완성되어 가고, 막부의 위령이 차차 천하에 두루 미치고 있는 현실을 히로요는 어떻게 보고 있을까. 스오국의 재청관에 지나지 않았던 오우치씨가 보쵸(防長, 스오와 나가토)의 지배자에 오르고, 남북조 쟁란의 시류에 편승하여 비약의 기회를 잡을 수 있었던 것은 바로 히로요 덕분이었다. 그러나 변화무쌍한 정계의 상황을 기민하게 인식하면서 일족의 새로운 삶의 방식을 책정할 만한 기량이 히로요에게는 없었다.

히로요는 이미 확립되어 있는 무로마치 막부의 권위와 관계를 맺어 오우치씨의 안태와 발전의 구실을 찾으려 하는, 전형적인 슈고 다이묘의 길을 걸어가려 했다.

히로요는 그 누구에게도 기대지 않고 온전히 자력으로만 모든 길을 개척한 지방 호족으로서 자신의 길을 걷고 있었다. 변경의 토박이 무장다운 태도도 하나의 삶의 방식이기는 했지만, 요시히로의 눈에는 기개와 도량이 부족해 보였다. 부자의 관계는 점차 꼬여만 갔다.

"아버지는 어찌하고 계신가."

요시히로는 변보를 가져온 나가토의 급사에게 물었다. 히로요는 아무것에도 개의치 않고 야마구치 야카타에 앉아 있다고 한다.

이마가와 료슌이나 요시히로에 대해 누구보다도 격한 증오를 품고 있는 것은 히로요였다. 그런 아버지에 비하면 요시히로는 나이가 들어감에 따라 점점 영리한 자질을 보이고 있었다. 그는 료슌에 대한 아버지의 기분이나, 또 일부러 불리한 방향으로 가려 하는 아버지의 입장을 이해하고도 있었다. 그리고 료슌과의 불화 이상으로 히로요를 고독하게 만든 것은 아들의 마음이 자신에게서 떨어져 나가 버린 것 때문이라는 것을 잘 알고 있었다. 히로요가 결국 요시히로가 아닌 동생 사부로에게 대를 잇게 하려고 마음을 먹은 것은 어쩌면 자연스러운 일이었는지도 모른다.

아키국 침입을 문책한 막부는 히로요로부터 이와미국의 슈고직을 박탈했을 뿐만 아니라 요시히로에게 나가토와 부젠의 슈고를 명했다. 그것도 료슌이 준비한 결과였겠지만 정신을 차리고 보니 히로요는 고작 스오의 슈고직을 지키고 있을 뿐이었다. 지금까지 고생하여 고토씨를 토벌하고 나가토국을 평정한 자신은 정작 돌보지 않고 그 나라의 슈고직을 요시히로에게 부여한 막부의 처사에 히로요는 무어라 표현할 수 없는 분노를 느꼈음에 틀림없었다.

'요시히로는 네 아들이 아닌가.' 이런 말을 들어도 히로요는 석연치 않을 것이다. 이제 남은 것은 이해관계가 얽힌 차가운 대립뿐이었다.

규슈 단다이 휘하에서 싸우던 요시히로는 부젠과 나가토에 슈고다이(守護代, 슈고가 중앙 정무 등으로 자리를 비울 때 대신 일을 맡아보는 유력 무사)를 두었다. 그 나가토 슈고다이를 동생인 사부로가 습격하여 사카리야마 성을 점령하고 있다. 영맹한 아버지의 뜻을 요시히로는 느끼고 있었다.

사카리야마 성은 나가토 고쿠후(쵸후)와 가까웠고, 바닷가 구릉에 위치하고 있다. '사카리야마'의 한자 '榮山'을 '佐加利山', '盛山'이라고도 쓴다. 현재의 시모노세키 시 쵸후쵸 에게(江下) 서쪽의 구릉이 바로 사카리야마가 아닌가 추정된다. 일찍이 호죠(北條)씨의 잔당이 거처했던 곳으로 그 바로 옆을 산요도(山陽道)가 달리고 있었다. 이곳을 적에게 허락한다면 규슈와 본토를 잇는 육상의 통로는 막히고 만다. 단다이의 입장에서는 후방을 교란당하는 느낌이 들 것이다.

"자네의 동생이건 아니건, 토벌 외에는 방도가 없다."

료슌은 말했다. 그리고 나카아키의 군사를 요시히로에게 주고는 사카리야마 성을 공격하게 했다.

어린 시절, 요시히로와 사부로는 사이좋은 형제였다. 이른 봄 멀리 산들로 둘러싸인 오우치 오호리의 들판을 두 사람이 달리며 놀던 일이 선명하게 떠올랐다. 다른 동생들이 아직 어렸기 때문에 요시히로와 함께했던 것은 오로지 사부로였다. 언젠가는 동생에게 의지할 수 있을 거라 생각했는데, 지금은 그런 동생과 싸워야만 한다. 요시히로는 아버지 히로요가 참으로 원망스러웠다.

이 사카리야마 성은 오우치씨의 내분과 관련이 깊은 성으로, 약 20년 후인 오에이 8년(1401년)에도 형제의 공방으로 피가 흐르게 된다. 말하자면 가장 어린 두 동생들 간의 싸움이 벌어졌는데, 요시히로의 막내 동생 모리하루(6남)와 히로시게(7남)의 대결이 이곳에서 펼쳐졌던 것이다. 규슈로 나온 모리하루는 다시 해협을 건너 사카리야마 성을 공격했고 히로시게는 여기서 자결했다.

요시히로는 해협을 건너 사카리야마 성을 함락시켰지만 무려 다섯 달이나 시간이 걸렸다. 주요 성중(城衆) 30여 명을 처치한 것은 10월이었다. 사카리야마에 사부로는 없었다. 공방이 시작될 무렵, 사부로는 아키국의 남조 세력과 손을 잡고 병사를 일으켰다. 나아가 이와미국의 마스다(益田)씨 등과도 공모하여 함께 반기를 들었다. 이는 사부로 혼자 할 수 있는 일이 아니었다. 히로요가 은밀하게 지시하고 있음이 분명했지만 그는 결코 겉으로는 나서려고 하지 않았다.

아키에서 벌어진 전투는 나이군(內郡)에서 반복되었다. 사태의 심각성을 파악한 막부는 근방의 친막부적인 호족들에게 요시히로를 지원하라고 명령했다. 때문에 반란군은 완패하고 패주하고 말았다.

이와미는 쩔쩔매었다. 일진일퇴의 싸움은 일 년 정도 이어졌지만 결국 막부의 설득으로 쌍방 모두 기를 내렸다. 사카리야마성 함락 직후 오우치 히로요가 병사했고 오우치가의 내분이 급속하게 식었기 때문이었다. 배후가 사라진 것이다.

한때는 멀리하고 싶었던 아버지였지만 막상 세상을 뜨고 나니 그립기도 했다. 동생과는 창을 맞대고 싸우기까지 했으나 아버지와는 그러한 일이 없었던 게 그나마 다행이라고 요시히로는 생각했다. 서로 맞섰던 동생 사부로는 히로요가 사망한 뒤에는 마치 마귀가 떨어져 나간 사람처럼 초연한 모습으로 야마구치로 돌아왔다. 요시히로도 더는 그를 공격하지 않았다.

요시히로가 호주의 자리에 앉음으로써 오우치씨는 비약의 기회를 얻을 수 있었다.

야마구치에서 새로운 체제를 구축하자마자 요시히로는 다시 규슈로 출진했다. 사부로도 동행했다. 사부로는 쇼군 요시미쓰로부터 한 글자를 수여받아 미쓰히로(滿弘)라고 개명하고 새로이 이와미국 슈고에 임명되었다. 일찍이 요시히로가 기대하고 있던 대로 그 이후 미쓰히로는 오우치 세력의 일익을 담당하며 활약했다. 요시히로의 한쪽 팔이 되었고, 단다이 이마가와 료슌에게도 신임을 얻어 규슈 각지에서 전쟁을 하고 다니다 요시히로보다 일찍 세상을 떠났다. 16년 후인 오에이 4년(1397년), 치쿠젠 핫타(八田)에서 쇼니씨와 싸우다 전사하기까지 문자 그대로 전장의 인생을 보낸 것이다. 오우치가에 태어난 남자들의 그러한 숙명은 요시히로를 포함하여 여덟 명의 형제들 모두 마찬가지였다.

광야의 꿈

여인을 맞이하다

겐츄(元中) 원년(시토쿠至徳 원년, 1384년) 봄의 일이다.

요시히로는 야마구치 오우치 야카타에서 미쓰히메를 맞아들였다. 규슈 전장에서 이마가와 료슌의 소개로 그의 동생 나카아키의 딸을 아내로 맞기로 한 이후, 벌써 8년이 지났다. 시간의 흐름이란 믿을 수 없을 만큼 빠르다. 한숨 돌릴 틈도 없이 전쟁으로 세월을 보냈다.

쇼니 · 기쿠치씨와 격투하는 가운데 아버지 히로요, 동생 미쓰히로와 싸움을 하고 이어서 아버지가 돌아가시고 동생과 화해하고……. 정신을 차리고 보니 요시히로는 스물아홉이 되어 있었다.

미쓰히메로부터 대여섯 번의 편지가 왔고 요시히로도 회신을 써서 보내기도 했다. 그녀의 편지는 누군가가 시켜 쓴 것인 양, 의례적인 문구가 나열되어 있을 뿐이었다. 그것은 요시히로도 마찬가지였다. 어차피 주변 사람들이 마음대로 정한 연담이기에 처음부터 두 사람이 서로 끌릴 이유는 없었던 것이다. 그러나 희

한하게도 시간이 흐름에 따라 요시히로는 아직 만나 보지 못한 여인의 모습을 멍하니 그려 보는 자신을 느낄 수 있었다.

미쓰히메의 모습은 그가 마음대로 그려 놓은 윤곽에 따라 점차 분명해져 갔고 소중하게 자리 잡아 갔다. 어쩌면 그는 환영을 사랑했는지도 몰랐다. 그래서인지 미쓰히메가 야마구치로 오는 날이 점점 다가옴에 따라 얼마간 불안감에 사로잡히기도 했다.

"지금까지 그려오던 얼굴과 아주 다른 사람이 나타나면 곤란한데……."

요시히로는 히라이 미치스케에게 말했다. 규슈에서 전쟁을 치른 이래, 젊은 무사 요시히로의 그림자처럼 따라다녔던 미치스케는 벌써 마흔둘이었다. 요시히로는 아버지를 대할 때처럼 미치스케에게 친밀감을 느끼고 있었고 무슨 일이든 거리낌 없이 상의할 수 있었다.

"아무튼 다들 미인이라고 하니, 상상과 다르다 하더라도 기대할 만하지 않습니까."

미치스케는 대수롭지 않은 듯 웃었다.

열두 살의 소녀라고 생각하고 있었던 미쓰히메는 이미 스무 살이 되어 있었다. 그 미쓰히메가 탄 배가 미타지리에 도착하기 바로 전날, 료슌이 보낸 사자가 야마구치에 도착했다.

"고려에서 금구(禁寇) 건을 다시 부탁해 왔소. 규슈 해적은 남조 세력과 손잡고 있는 것 같으니, 이에 대해서는 단다이가 직접 엄중하게 감독하겠으나, 세토나이카이의 해적은 오우치씨가 단속해 주었으면 하오."

일본의 무장 상선단이 조선반도 및 중국연안을 습격하기 시작한 것은 가마쿠라 말기부터로, 남북조 시대에는 몹시 창궐하는 상황이었다. 전란으로 인한 국내의 어지러움이 가져온 결과였다. 북부 규슈, 세토나이카이 연안 어민이나 지방 호족들은 무장을 하고 집단을 만들어 무역활동을 하고 있었지만 종종 해적이 되기도 했다.

'왜구'라는 것은 이들 해적에 대한 조선, 중국 측의 호칭이다. 그리고 왜구의 분포를 시모노세키를 기준으로 동과 서로 나누어 보고 있었다. 시모노세키 서쪽에는 쓰시마, 치쿠젠, 하카타, 히라도 등에 근거지를 둔 해적이 있으며, 동쪽에는 주로 세토나이카이의 보요(防予) 제도, 게이요(藝予) 제도에 근거지를 두었다.

고려는 고랴쿠 원년(1379년)에 규슈 단다이에게 사자를 보내 왜구의 제지, 즉 금구(禁寇)를 요청하였다. 이때 이마가와 료슌은 금은의 주기(酒器), 고려인삼, 호랑이와 표범 가죽 등을 받았다. 몽고의 내습(원나라의 강요로 고려가 군사를 내어 그 연합군이 일본을 공격했을 당시) 때부터 고려의 국력은 쇠락하기 시작했고 왜구의 출몰에 위기를 맞기도 하였다. 때문에 고려의 금구 청원은 절실한 것이었다. 요시히로는 단다이의 사자에게 '노력하겠다'는 답을 전하고 돌려보냈다. 지금은 그럴 여유가 없다는 심정이었다.

8년을 기다려 처음으로 미쓰히메를 대면하게 된 요시히로의 마음은 좀처럼 진정되지 않았다. 사자는 요시히로의 이러한 모습을 다자이후로 돌아가 이마가와 료슌에게 보고할 것이다.

세토나이카이의 해적들에게 금구령을 철저히 전달하려면 경우에 따라서는 병사를 내야 할지도 모른다. 당장 그 임무를 맡을 처지가 아니라는 것만 전해 주면 좋겠다고 요시히로는 생각했다. 당분간은 지금처럼 해적을 떠돌게 내버려 두고 싶은 것이다.

원래 히로요의 시대부터 해적은 오우치씨에게 있어서 중요한 자금원이었다. 세토나이카이에 본거지를 둔 해적들이 해외를 어지럽히고 돌아올 때 반드시 통과해야 하는 첫 관문은 간몬(關門) 해협이다. 또 가미노세키(上關) 해협 역시 세토나이카이의 통로였다. 오우치씨는 이곳에 군선을 두고 관문을 설치하여 해적선을 조사하였다.

해적들이 저항하면 그들 본거지에 군사를 보내 간단히 짓밟는다. 오우치씨가 해적들의 생살여탈 여부를 쥐고 있는 만큼, 해적들은 약탈한 금품 일부를 상납했다. 생전의 오우치 히로요는 교토에 갈 때, 수만 관의 중국 돈과 다량의 중국 물건을 가지고 가서 쇼군을 비롯한 많은 사람들에게 마구 퍼 주었다.

"이런 사람에게 이길 자는 없을 것이다."

부를 자랑하는 오우치씨의 모습을 보고 교토 사람들은 감탄하지 않을 수 없었다. 정규 무역이 없던 시절이었기 때문에 진귀한 물건은 모두 해적들이 바친 것임에 틀림없었다.

규슈의 해적은 오우치씨와는 무관했지만 규슈 단다이에게 있어서는 가만히 보고만 있을 수 없는 존재였다. 아무래도 남조 세력이 자금원을 왜구로부터 구하고 있는 것 같다는 소문이 들리기 시작했기 때문이었다. 만약 그렇다면 고려의 청원과 상관없이 규슈 단다이는 금구에 주력해야만 한다. 그러나 오우치씨의 입장에서 보면 금구 정책은 재원을 잃게 만들 뿐이다.

'당분간은…….'

료슌의 추궁으로 움직이게 될 때까지 당분간 해적 제압은 미루어 두자고 요시히로는 생각했다.

"이마가와 님이 지나치게 서두르고 계시는군요."

히라이 미치스케가 고개를 갸웃거렸다.

"단다이의 입장에서는 당연한 일이겠지."

"물론 규슈의 해적 건은 그럴 만하지만, 이렇게 다그치는 건 아무래도 이상합니다."

"무엇이 이상하다는 거지?"

요시히로는 일순간 눈을 번뜩였다. 미치스케가 예사롭지 않은 이야기를 꺼낼 것 같은 기분이 들었기 때문이다.

"금구 정책이 잘 이루어지면 이마가와 님은 고려로부터 상당한 보답을 받지 않겠습니까?"

"그렇겠지."

요시히로는 고개를 끄덕였다. 다자이후에 금구를 청하러 오던 고려의 사자가 수많은 진품을 료슌에게 건네는 것을 미치스케도 목격한 바 있었다. 자신의 눈으로 확인한 것을 이야기하는 데 그치지 않고 미치스케가 뭔가 다른 생각을 하고 있다고 요시히로는 생각했다. 두 사람이 이에 대해 말을 주고받고 있을 때, 급보가 들어왔다.

"미쓰히메 님의 말이 오사바(小鯖)를 지났다고 합니다."

"말이라고?"

요시히로는 미쓰히메가 가마가 아닌 말을 타고 있다는 이야기를 듣고 다시 물었다.

"분명, 말이라고 하였습니다."

"뭣 때문에 가마를 타지 않았는가?"

"그저 배에서 내리자마자 말을 타시었다고만 들었습니다."

"……."

아내로 맞이할 여인을 위해 특별히 정성을 들여 가마를 준비했는데, 미쓰히메는 그것을 거부하고 말을 타고 야마구치로 향하고 있다는 얘기였다.

"미치스케, 나는 이제 처음으로 가마가 아닌 말을 타고 오는 신부를 보게 생겼구나."

요시히로는 쓴웃음을 지어 보였다.

미쓰히메가 미타지리에 도착했을 때는 밤새 내리던 비도 그치고 서서히 날이 밝아오기 시작했다. 미쓰히메의 행렬이 야마구치 마을에 들어온 것은 오전 열 시가 지났을 무렵이었다. 요시히로는 야카타 입구와 가까운 오도노오지까지 나가 일행을 맞이했다.

미치스케를 비롯한 부하들은 예복을 입을 것을 권했지만, 요시히로는 일부러 편한 무사의 복장을 하고 있었다. 가신들도 그에 따랐다. 말을 타고 온 미쓰히메는 쓰개치마도 하지 않았다고 한다. 말을 타기 위해서는 편한 복장을 해야 했을 터. 요시히로는 미쓰히메의 복장에 맞추기 위해 평복을 입을 것을 지시했다.

비가 그친 탓인지 길에는 짙은 봄 안개가 자욱했다. 그 안개 사이로 가벼운 말발굽 소리가 나더니 이윽고 선두에서 그림자가 나타났다.

돌연히 대열에서 나온 말 한 마리가 속도를 내면서 요시히로 쪽으로 달려왔다. 햇빛을 받아 반짝이는 안개를 뒤로하고 말은 조금씩 선명한 모습을 드러냈다.

"아!"

요시히로가 외쳤다. 말을 타고 있는 사람은 여인이었다. 안개가 마치 후광과도 같았다. 요시히로는 웃고 있는 하얀 얼굴을 눈부신 듯 올려다보았다. 그리고 달려가서 와락 끌어안듯이 말에서 여인을 내렸다. 여인의 몸을 팔로 감쌀 때, 땀이 밴 체취가 그의 코를 간지럽혔다. 말에서 내려온 미쓰히메는 두세 걸음 뒷걸음치더니 요시히로 앞에 무릎을 꿇었다.

"잘 와 주었소. 기다리고 있었소."

준비하지도 않은 말이 자연스럽게 입에서 나왔다.

"일부러 마중을 나와 주시다니, 황공합니다."

그렇게 말을 하고는 미쓰히메는 얼굴을 들었다. 젖은 듯 큰 눈동자, 또렷한 목소리였다. 조금은 긴장한 표정이었지만 곧 웃음을 보였다. 통통한 볼은 약간의 홍조를 띠고 있었다.

"자, 일어나시오."

무릎을 꿇고 있던 미쓰히메는 요시히로의 말에 부드러운 몸놀림으로 일어섰다. 암적색의 소박한 통소매 옷을 입고 있었지만 빈틈이 없었다.

거실에서 마주 앉은 후 요시히로는 웃으며 말했다.

"말을 좋아하는가?"

"어릴 때부터 배웠습니다."

"화려한 옷을 입고 가마에 탄 모습을 상상했는데, 의외의 모습이라 좀 놀랐소."

"저는 8년 전부터 오우치가의 사람이 될 거라고 정해져 있었습니다. 그래서……."

"격식을 차릴 필요가 없었다는 것인가?"

"네. 고향을 방문한 뒤 다시 시집으로 돌아오는 기분이었습니다."

이런 말을 주고받으니 예전부터 함께 살던 사이 같고, 떨어져 있다가 오랜만에 재회한 듯한 기분마저 들었다. 이는 미쓰히메의 쾌활한 성격 때문일 것이다.

미쓰히메의 아버지 나카아키가 다자이후에서 야마구치로 도착해 우선 결혼식부터 성대하게 치렀다. 그리고 나카아키는 다시 규슈로 돌아갔다. 금구를 위한 출병 준비로 바쁘다고 했다. 나카아키는 세토나이카이 해적에 대해 손쓸 것을 부탁한 료슌의 지령을 간단히 요시히로에게 전할 뿐, 특별히 강조하지는 않았다. 한동안은 신혼부부가 조용히 지냈으면 좋겠다는 부모의 마음 때문이었을까. 그 이유도 있겠지만, 당시 료슌과 나카아키의 사이가 원만하지 않았던 탓도 있었을 것이다. 어쨌든 나카아키는 식을 치르고 곧장 규슈로 돌아가 버렸다.

"어떠십니까?"

히라이 미치스케가 요시히로에게 장난스러운 말투로 작게 물었다. 상상하던 미쓰히메의 모습과 비교하여 어떠한가, 하는 물음이었다.

"역시 실물이 좋지."

"미쓰히메 님의 빼어난 미모를 보고 가신들은 잘생긴 요시히로 도노와 잘 어울린다고 이야기하고 있습니다. 하루라도 빨리 자식을 보고 싶을 테지요. 노력해 주십시오."

"이놈!"

요시히로는 같이 웃었지만 얼굴을 붉히지 않을 수 없었다.

규슈 단다이

요시히로는 미쓰히메를 '오미쓰(お美津)'라고 불렀다. 가신들은 '오미쓰노 가타(お美津の方)' 혹은 오우치 가문의 관습에 따라 '기타노 오카타사마(北の御方様)'라는 존칭으로 부르기도 했다.

오미쓰는 결혼식이 끝나자, 기다렸다는 듯이 매일 아침 말을 끌고 나가 야카타 밖을 달렸다. 처음에는 야카타 부근을 일주하는 정도였지만, 점차 먼 곳까지 말을 타고 달렸다. 요시히로의 명령에 따라 무사들이 오미쓰를 항시 경호했다. 봄빛이 찬란한 들판의 바람을 가르고 검은 머리를 휘날리며 질주하는 오미쓰를 사람들은 신기한 듯 바라보았다.

"참으로 기운이 좋은 분이시로군."

이와 같은 말이 사람들 사이에서 퍼지고 있다는 사실은 곧 야카타에도 전해졌다.

"집에만 틀어박혀 아무것도 모른 채 나이만 먹는 것은 싫습니다. 야마구치가 어떤 토지인지 직접 확인하고 싶습니다만, 아니 될까요?"

응석을 부리듯 오미쓰가 말했다.

"그것도 나쁘지는 않소만……."

요시히로는 웃음을 보였고, 때때로 오미쓰가 조르면 함께 말을 타기도 했다.

"여기는 무슨 마을입니까?"

어느 날 오미쓰가 요시히로에게 물었다. 넓은 들판 가운데 후시노가와(椹野川) 강물이 반짝이며 흐르고 있었다.

"고이지라고 하는 곳이오. 그리울 연(戀)과 길 로(路) 자를 쓴다오. 옛날에는 넘을 월(越) 자에 길 로 자를 쓰기도 했지만, 언제부턴가 그리운 길이라는 뜻을 가지게 되었소."

"어머나, 그리운 길이라니!"

오미쓰는 요염한 감탄사를 내뱉으며 말을 멈추었다. 한동안 넋을 잃고 연꽃이 가득한 넓디넓은 풍광을 바라보고 있었다.

"이곳은 스오 지방이라오. 나가토국도 아름답고 부젠국도 넓소."

그렇게 말하면서 요시히로는 서쪽으로 눈을 돌렸다. 치쿠젠국이라는 말을 꺼내려 하다가 급히 입을 다물었다. 아버지 히로요는 아키를 노렸지만 요시히로는 오히려 부젠의 영토를 넓혀 치쿠젠까지 가지고 싶다고 은근히 바라고 있었다. 치쿠젠에는 하카타가 있다. 하카타는 일찍이 다이라노 기요모리(平清盛)의 부친 다이라노 다타모리(平忠盛)가 송과 사무역을 하여 부를 축적한 항구 마을이다. 기요모리도 결국에는 다자이후 다이니(太宰大貳, 다자이후의 차관급에 해당)가 되어 하카타를 기반으로 일송(日宋)무역에 힘을 쏟았다. 헤이케(平家)의 번영의 기반은 부자 2대가 하카타를 선점한 것에서부터 시작되었다고 해도 좋을 것이다.

송의 국호는 금, 원을 거쳐 명이 되었다. 명의 연안에도 왜구가 출몰하여 피해를 끼쳤기 때문에 고려와 마찬가지로 명의 국왕으로부터 금구 건의를 받은 상태였다. 그러나 명의 경우에는 남조 측의 세이세이후를 교섭 상대로 했기 때문에 규슈 단다이와 직접적인 접촉은 없었다. 남조 세력이 쇠퇴한 지금, 머지않아 규슈 단다이가 개입하게 될 것이다. 이마가와 료슌은 명국과 교역을 계획하고 있는 듯했다. 그는 이미 고려와도 유대관계를 맺고 있었다.

왜구가 노린 것은 식량과 사람이었다. 이미 마쓰우라 당(松浦黨)과 같은 해적들을 지배하던 료슌은 해적들이 데리고 온 사람들을 고려로 송환함으로써 은혜를 베풂과 동시에, 한편으로는 교역을 시도했다.

이마가와 료슌이 요시히로에게 세토나이카이의 해적을 시급히 제압하라고 끊임없이 요구하는 것을, '이 정도로 독촉하는 것은 뭔가 이상합니다.' 하고 보통 일이 아니라는 듯이 미치스케가 이야기하는 것은, 료슌이 이미 고려와 무역을 하고 있다는 소문을 염두에 두었기 때문이었다. 포로 송환에 있어서 오우치씨 쪽 사람들은 경호를 맡기도 했다. 료슌이 고려로부터 송환 사례로 꽤 많은 금품을 받고 있다는 풍문도 무성했다. 이에 대해 아무것도 알려주지 않는 료슌의 태도가 요시히로는 불쾌했다.

"자, 돌아가자."

요시히로는 말이 끝나기 무섭게 채찍을 휘둘렀다. 좀 더 달리고 싶었던 오미쓰는 조금은 불만스러웠지만 도리 없이 따랐다.

야카타에 돌아가자 이마가와 료슌이 보낸 사자가 기다리고 있었다. 상의할 것이 있으니 다자이후로 와 달라는 것이었다. 이 부탁을 거절할 수는 없다. 성가시다는 생각도 들었지만 승낙의 답장을 사자에게 전달하고 돌려보낸 뒤, 요시히로는 히라이 미치스케에게 말했다.

"해적 때문이겠지. 어지간히 급한 모양이로군."

"아예 말씀드리면 어떨까요?"

"뭘?"

"단다이와 오우치가 함께 손을 잡고 고려와 무역을 해 보자고 이참에 말씀드려도 좋을 듯 싶습니다."

"그렇기도 하겠군."

요시히로는 잠시 생각에 잠기는 듯하다가, 곧 야마구치를 출발하여 규슈로 건너가기로 하고 미치스케에게 여장을 준비시켰다. 미치스케의 말도 있었지만 요시히로는 다른 일 때문에라도 료슌을 만나고 싶었다. 삼백 명의 기수를 거느리고 다음 날 요시히로는 다자이후로 향했다.

“잘 와 주었소.”

이렇게 말하는 료슌의 얼굴은 조금 경직되어 있었다. 단다이의 해적 토벌 명령에 거스르는 태도를 보인 오우치씨를 위압하기 위해 부른 것이었다.

“세토나이카이의 해적은 곧 진정시키도록 하겠습니다.”

요시히로가 선수를 쳤다.

“고려에서 여러 번 절실한 청원을 전해 왔소. 요시히로 도노가 힘을 빌려 주지 않으면 내 체면도 서지 않아.”

“고려는 금구에 대한 답례로 교역을 제안하였다고 들었습니다만…….”

“십 년에 한 번 이루어지는 교역을 제안받은 바는 있네.”

“고려가 십 년에 단 한 번의 교역을 원한단 말입니까?”

“그렇소. 그런 교역은 시시해서 말이지…….”

“그렇지 않습니다. 거선을 준비해 가면 만만치 않은 교역이 될 수 있습니다.”

이야기가 이 정도로 진전되어 있었음을 몰랐던 요시히로는 당황했다. 그리고 그는 자신이 이야기를 꺼내기 전까지 입을 다물고 있던 료슌의 의중을 살피며 물었다.

“제가 고려와 교역하는 것을 도울 수 있도록 해 주시지 않겠습니까?”

"……."

료슌은 대답 대신 가만히 요시히로의 얼굴을 바라보았다.

"아버지가 야마구치에 새로운 본거지를 마련한 이래, 이렇게 저렇게 돈이 드는 곳은 많으나 영지의 연공만으로는 해결하기 힘들어 고심하고 있습니다. 교역으로 조금이나마 수익이 생기면 더할 나위 없이……."

"요시히로 도노."

료슌이 희미한 웃음을 띠며 말했다.

"무언가 착각하고 계신 것은 아닌가? 나는 일개의 규슈 단다이, 모든 일은 교토에 계시는 쇼군의 명에 따라 움직이는 사람이오. 고려와의 일도 내가 독단으로 처리할 수는 없소. 그저 쇼군의 뜻에 따를 뿐이라오. 그런데 지금 바다의 것인지 산의 것인지도 모르는 교역에 개입하게 해 달라고 부탁하는 건 대체 무엇 때문인가?"

"그건……."

말문이 막힌 요시히로를 본 료슌은 갑자기 웃음을 터트렸다.

"규슈 단다이로서 격식에 맞춰 이야기하자면 그렇다는 게요……. 아무튼 세토나이카이 해적들이 아직 돌아다니고 있소. 이들을 제지하고 난 뒤에 다시 이야기합시다."

"약속하셨습니다."

"음……. 하지만 방금 말한 대로, 나는 어디까지나 쇼군의 명령을 받드는 몸. 마음대로 결정할 수 없다는 것만은 명심해 두시오."

"쇼군, 쇼군이라고 몇 번이나 반복하고 계십니다만, 이렇게 규슈를 다스리고 있는 것은 이마가와 님이 아니십니까."

요시히로는 묘한 이야기를 꺼냈다.

"요시히로 도노, 말을 가려 하시게."

료슌은 자신도 모르게 주위를 살폈다. 지금 이 자리에는 두 사람만이 마주앉아 있을 뿐이었기에 요시히로는 말할 수 있었던 것이다. 무심코 입 밖에 낸 것이 아니라 이전부터 혼자 생각해오던 것을 꺼낸 것뿐이었다.

'쇼군이란 도대체 어떠한 존재일까.' 하는 생각이 들었다. 요시히로는 열여섯에 처음으로 전장을 경험한 뒤, 규슈에서 전쟁을 치르는 동안 절대적 명령권으로 여러 관리들 위를 군림하는 교토의 쇼군의 존재를 털끝만큼도 의심하지 않았다. 쇼군의 명을 받들어 규슈로 내려온 이마가와 료슌 밑에서 정진하는 것만이 오우치씨의 장래를 여는 지름길이라고 믿었다. 그래서 아버지 히로요의 뜻을 거역하면서까지 규슈에 출격한 것이었다.

요시히로뿐만 아니라 료슌은 항상 규슈의 여러 호족들에게 '나는 쇼군의 대리인이다'라고 하며 막부의 권위를 내세웠다. 스스로 선두에 서서 남조 세력과 싸우고 많은 가신을 잃기도 했다. 오로지 쇼군의 명령에 복종하려는 그의 모습에 젊은 요시히로는 감동하기도 했다. 그러나 세월이 흐름에 따라 요시히로의 눈에는 이마가와 료슌이라는 인물이 달리 보이기 시작했다. 쇼군을 전면에 내세워 권력의 사유화를 일삼고 있는 그가, 언젠가는 '규슈의 왕'이랍시고 사적 지배를 강화할 것 같았다. 고려와 교섭하는 데서도 그런 움직임이 보이는 듯했다.

물론 료슌의 희생과 노력, 수완 덕분에 규슈의 남조 세력을 제압할 수 있었다. 쇼군의 이름을 들먹거리며 착실하게 성공을 거두는 가운데 언제부터인가 자신의 야망을 의식하게 되었는지도 모른다. 아버지 히로요가 료슌을 싫어했던 이유는 쇼니 후유스케를 죽였기 때문만이 아니라, 뭔가 다른 낌새를 눈치채고 있었기 때문이라고 요시히로는 생각하기 시작했다.

자수성가한 히로요의 입장에서 보면, 막부라는 거대한 조직을 대할 때 가면을 쓰고 행동하는 료슌을 신뢰하기 힘들었다. 더 나아가 료슌은 쇼군의 권위마저 불손하게 부정하고 있음이 분명했다. 료슌의 이러한 마음을 알아차린 후부터 요시히로는 자신은 누구를 위해 싸워야 하는지에 대해 끊임없이 고민하게 되었다. 그는 역시 스오의 본토박이 호족 가문의 자제였던 것이다.

'이마가와 료슌이나 쇼군을 위해 목숨을 내놓기는 싫다.'

만약 싸워야 한다면 오우치씨를 위해서 싸우고 싶다고 요시히로는 생각했고, 료슌이 야심을 불태우고 있다면 아예 그와 손을 잡고 더 큰 꿈을 실현하는 것도 좋은 일이겠다고 생각했다.

"이마가와 님과 우리 오우치, 게다가 오토모씨가 연합한다면 어디에 견주어도 손색이 없을 것입니다. 고려, 명과 교역하여 부를 축적한다면 규슈는 왕국이 될 것입니다."

"농담치고는 과하군."

료슌은 웃어 넘겼지만, 내심 당황스러웠다.

'이 무슨 당돌한 말인가!'

료슌이 보기에 요시히로의 말은 터무니없는 음모였다.

"한동안 야마구치에 머물더니, 요시히로 도노가 무엇에 홀린 것 같소. 농담이라도 그런 말을 할 수 있는 젊음이 부럽소."

"농담이 아니라면요?"

"아니, 농담으로 듣겠소. 나는 쇼군을 위해 일하는 것이 무엇보다 우선이라 생각하오. 그대도 충성을 다하는 것이 좋을 것이오. 이런 이야기를 다른 곳에서 해서는 절대 아니 되오. 뜻하지 않는 봉변을 당하게 될지도 모르는 일이오."

료슌은 두려운 듯이 목소리를 죽이며 말했다. 요시히로는 료슌의 그런 모습을 처음 보았다. 순간, 료슌에 대한 악감정이 피어오르기 시작했다.

스오周防의 향연

쇼군 아시카가 요시미쓰가 서하(西下)한 것은 고오(康應) 원년(겐츄元中 6년, 1389년) 3월이었다.

요시히로는 긴장했다. 20여 년 전 아버지 히로요가 처음 교토에 올라간 이후 오우치씨가 교토를 방문한 적은 없었다. 그 사이 대가 바뀌어 요시미쓰가 3대 쇼군에 올랐다. 요시히로는 언젠가 교토에 올라가 쇼군을 뵈려고 생각하고 있었지만 자리를 비울 수 없는 상황이 이어졌다. 차일피일 미루는 사이, 요시미쓰가 직접 서하하게 되었고 그 일정 가운데 스오 방문을 추가하려 한다고 했다.

요시미쓰는 2대 쇼군 요시아키라(義詮)와 그의 몸종 기노요시코(紀良子) 사이에서 태어난 서자로, 남북조 쟁란 가운데 유년기를 보냈다. 네 살 때, 교토에 침입한 남조군에게 쫓겨 겐닌지(健仁寺)로 도망가, 하리마시라하타 성(播磨白旗城)에서 아카마쓰 소쿠유(赤松則祐)의 보살핌을 받았다. 귀경 후, 열 살 때 아시카가 성을 이어받았고, 호소가와 요리유키(細川頼之)가 막부의 관령이 되어 그를 도왔다. 세이타이 쇼군(征夷大將軍, 영외관 무장직 중 하나)에 임명된 것은 그의 나이 열한 살 때의 일이다.

무로마치에 새 저택 '하나노 고쇼(花の御所)'를 짓게 된 것은 에이와 4년(1378년)의 일로, 오우치 요시히로가 이마가와 료슌과 함께 기쿠치 다케토모를 히고에서 공격했을 때였다. 이 무로마치 신저에 요시미쓰가 살기 시작한 것을 계기로 무로마치 막부라고 부르게 되었고, 요시미쓰는 '고쇼사마(御所樣, 주로 조정이나 막부가 하사하는 최고 존칭)'라고도 불렸다. 그 후, 관령 호소가와 요리유키의 강경책에 막부 제 무장이 거세게 반대하여, 요시미쓰는 요리유키를 사누키(讃岐)에 돌려보내고 시바 요시마사(斯波義將)를 관령으로 임명하였다. 이것이 바로 '고랴쿠(康暦)의 정변'이다. 요시미쓰는 내대신, 좌대신으로 승진하면서 점차 조정 내의 실권을 거머쥐게 되었다.

서하 전년인 가케이(嘉慶) 2년(1388년) 봄, 요시미쓰는 기슈(紀州)를 유람했다. 9월에는 스루가(駿河)에 내려가, 슈고 이마가와씨의 야카타에서 후지산을 보며 막부에 반항적인 자세를 보이는 가마쿠라 구보(鎌倉公方, 무로마치 막부의 세이타이 쇼군이 간토 지방 10개 나라에 출장기관으로 설치했던 가마쿠라후鎌倉府의 장관), 아시카가 우지미쓰(足利氏滿)를 위압하였다.

다카우지씨(尊氏)의 자손으로, 요시미쓰의 숙부에 해당하는 모토우지(基氏)의 아들이 바로 우지미쓰이다. 모토우지 이후 대대가 간토 지방을 지배하였는데, 우지미쓰는 이 지방에서 아시카가씨 세력을 안정시키는 임무를 맡았다. 그럼에도 틈만 나면 교토를 노렸다. 고랴쿠의 정변 때에도 이에 편승하여 요시미쓰에 맞서려 했지만 간토 관령 우에스기 노리하루(上杉憲春)가 죽음으로 간하여 단념하고 병사들을 귀환시키기도 했다. 시간이 지나, 이 우지미쓰와 오우치 요시히로는 은밀하게 음모를 꾸민다. 그러나 이에 이르기 전까지, 한동안 요시히로는 쇼군 요시미쓰에 대해 충성을 다하는 슈고로서 활약하게 된다.

요시미쓰가 각지의 순례를 시작한 것은 시토쿠 2년(1385년)부터로, 그해 8월에는 나라(奈良)의 도다이지(東大寺), 고후쿠지(興福寺) 등에 참배했다. 3년 후에는 기슈를 유람하고 스루가에 내려갔으며, 또 이때 아키의 이쓰쿠시마 신사(嚴島神社) 참배, 스오의 오우치씨 방문 등, 규슈까지 돌아볼 일정을 세웠다. 요시미쓰의 목적은 물론 유람은 아니었다. 여러 나라의 정세를 시찰하고 쇼군으로서 위엄을 세우려는 정치적 의도하에 이러한 계획을 실행에 옮긴 것이다.

3월, 백여 척의 배를 준비하여 효고(兵庫) 항을 출발한 요시미쓰는 시바 요시타네(斯波義種, 관령 요시유키義將의 동생), 호소카와 요리모토(細川頼元, 전 관령 요리유키頼之의 동생으로 양자), 하타케야마 모토쿠니(畠山基國), 야마나 미쓰유키(山名滿幸) 등, 기라성 같은 중신들의 수행을 받았다. 또한 규슈 단다이 이마가와 료슌도 일단 교토로 불러 함께 수행하도록 명령했다.

가는 길에 요시미쓰는 사누키에 들러 호소카와 요리유키를 불러 함께하도록 했다. 실각한 요리유키를 복귀시키는 것도 여행의 목적 중 하나였다. 이후, 시바 요시마사 관령을 대신하여 호소가와 요리유키가 다시 활약하게 되는데, 새로이 호소가와 요리모토가 그 직을 맡게 되자 호소가와 요리유키도 함께 교토로 올라가게 되었다.

오우치씨는 이 대단한 쇼군 일행을 맞을 준비에 몹시 분주하였다. 요시히로는 이들을 야마구치 본거지로 안내하여 오우치씨의 실력을 보여주고 싶었지만, 쇼군이 해로를 통해 곧장 규슈로 떠난다고 하기에, 하는 수 없이 급하게 미타지리에 거처를 마련하였다.

이쓰쿠시마 신사 참배를 마친 쇼군 요시미쓰의 배가 본토와 오시마군(大島郡)의 해협 '오바타케세토(大畠瀨戸)'에 이른 것은 3월 12일 석양이 바다를 물들일 무렵이었다. 요시히로는 마중을 나가 배를 구다마쓰(下松)로 안내하고, 거처에서 쉬고 있던 쇼군 앞에 무사의 예복을 갖추어 입고 나가 환영 인사를 하였다. 요시미쓰는 32세로 요시히로보다 두 살 아래였지만 뚱뚱하게 살찐 몸을 기대고 앉아 팔을 괸 채, 여유롭게 말했다.

"마중 나오느라 수고가 많았소."

'이 자가 쇼군이란 말인가.'

요시히로는 요시미쓰의 거만한 태도에 약간은 불쾌했지만 고개를 들고 정면으로 상대를 바라보았다. 쏘아보는 듯한 요시미쓰의 시선과 마주쳤다. 요시히로는 숨을 죽였지만 시선을 피하지는 않았다.

날이 저물었기에 쇼군의 숙소 주변에 커다란 화톳불을 피우고는 경호 병사들을 배치했다. 큰 방에 세워 둔 어마어마한 촛대는 방 안을 한낮처럼 밝히고 있었다.

"먼저 쇼군께서 무사히 도착하신 것을 감축드립니다……."

요시히로가 인사하며 신호를 보내자 미모의 시동(侍童)이 산보(三方, 네모난 나무 쟁반에 앞과 좌우에 구멍이 난 굽이 달린 것. 신불 · 귀인에게 물건을 올리거나 의식 때 물건을 얹음)에 놓인 황금 검을 양손으로 공손하게 높이 받들며 들어왔다.

"이쪽으로."

쇼군의 명령에 따라 시중드는 사람이 그것을 받아 무릎 앞까지 가져왔다.

"훌륭하군."

요시미쓰는 빛에 반사되어 반짝반짝 빛나는 검을 잠시 들어 올리더니 다시 산보 위에 올려놓았다. 전혀 흥미가 없는 듯 보이기도 했다. 쇼군에 대한 헌상품치고는 그다지 진귀하지 않았는지도 모른다.

"오우치 도노의 활약은 규슈 단다이로부터 소상히 들은 바 있소."

요시미쓰는 이마가와 료슌을 보며 가볍게 고개를 끄덕였다.

"앞으로도 계속 힘을 빌려 주시겠지요."

이렇게 말하면서 다시 날카로운 시선을 요시히로에게 보냈다. 정중하게 고개를 숙인 요시히로는 화제를 바꾸려고 했다.

"이곳은 임시 거처로, 내일 쇼군께서는 다시 미타지리로 이동하시어 미리 준비해 둔 야카타에서 편히 쉬시는 것이 좋을 듯합니다."

"미타지리라고?"

요시미쓰는 다시 료슌을 보았다.

"스오의 고쿠후 남쪽에 있는 곳입니다."

즉시 료슌이 답했다.

"다카하마(高浜)라는 해변에 마련한 야카타는 소박하지만 소나무와 바다를 감상하기에는 적절한 장소라 생각합니다."

"그러한가……."

요시미쓰의 무뚝뚝한 대답에는 시골 다이묘가 준비한 것을 업신여기는 심정이 노골적으로 드러나 있었다.

다음 날인 13일, 요시히로의 안내로 쇼군의 배가 미타지리에 도착했다. 야카타에 들어간 일행은 무의식중에 탄식의 소리를 높였다. 영내에서 목수 백 명을 불러 밤낮을 가리지 않고 두 달

동안 만들게 한 그 야카타는 모두 노송나무로 지어져 있었다. 돈대에 위치한 야카타에서는 백사장과 푸른 소나무의 해변, 그리고 군청색의 세토나이카이를 한눈에 바라볼 수 있었다.

"못이 좋구나."

요시미쓰는 기분이 좋은 듯 밖을 가리키며 나무 향이 가득한 방 안에서 보이는 풍경을 칭찬하였다.

"바닷물이 뭍으로 휘어 들어오기에 그것을 막아 만든 것입니다. 시골 촌놈의 조악한 취미에 불과합니다."

"오, 나를 위해 이 못을 만든 것인가."

"그렇습니다."

"송원과 바다를 배경으로 삼은 더없이 훌륭한 정원이구나."

요시미쓰는 만족스럽게 고개를 끄덕이며 한층 온화해진 눈으로 요시히로를 보았다.

"쇼군께 새로이 헌상할 물건이 있습니다. 받아 주시겠습니까?"

"아직 내게 줄 것이 남아 있는가?"

"이쪽으로."

요시히로가 뒤를 돌아보며 말하자 가신 여러 명이 견사로 짠 갑옷과 칼을 가지고 왔다. 뿐만 아니라 별도의 헌상목록도 준비해 왔다. 또한 수행 중신들에게도 각각 선물하였다.

밤에는 전날보다 훨씬 큰 연회를 마련했다. 세토나이카이에서 얻은 신선한 어패류를 담은 큰 접시들이 손님 앞에 가득 놓였다. 이 어마어마한 자리는 쇼군에게도 의외였던 모양이다. 쇼군의 표정은 웃음으로 가득했고 이윽고 마음을 터놓는 듯한 모습을 보이기 시작했다.

"오우치 도노는 야마구치에 서쪽의 교토를 만들었다고 들었는데, 나도 한번 가 보고 싶소."

"꼭 찾아 주십시오."

"어떤가, 나와 함께 교토로 가지 않겠소?"

갑자기 요시미쓰가 말을 꺼냈다.

"교토, 말씀이십니까?"

요시히로는 그만 큰소리로 되묻고 말았다.

"당분간 교토에서 지내보는 것도 좋을 것이오. 서쪽의 교토를 만들고 싶다면 실제 교토를 보아야 가능한 법이지."

"아버지께서는 이전에 교토에 올라간 적이 있습니다. 저도 진작부터 한번은 인사드리러 가려 했으나……."

"여유가 없었던 모양이로군."

"규슈 정세가 조금 안정되면 자리를 비워도 괜찮을 거라고 생각은 하고 있었습니다."

이렇게 말하면서 요시히로는 쇼군의 옆에 바르게 앉은 이마가와 료순을 흘끗 보았다. 료순은 이전부터 교토의 여러 소식을 요시히로에게 알려 주면서도 상경을 권유하지는 않았다. 마치 미끼를 던지듯 풍아한 교토의 이야기를 꺼내며 마음만 들뜨게 만들었다.

그리고 '언젠가 나와 함께 교토에 가서……'라고만 할 뿐, 결코 요시히로 혼자 교토에 보내려 하지 않았다. 요시히로의 입장에서 본다면 남조 세력의 움직임이 신경 쓰이는 부분도 있었다. 또 특별히 상경할 마음도 없었던 것이 사실이다. 그러나 료슌은 '쇼군을 위해서', '오우치 도노의 활약은 쇼군의 귀에도 반드시 전해지고 있다'고 말하며 쇼군의 존재를 강조하면서도 요시히로에게는 교토 근처에도 못 가게 했다. 그런 기색은 지금까지도 여러 번 있었다.

쇼군의 입에서 교토로 올라오라는 말을 직접 들은 요시히로는 당장 그렇게 하고 싶어졌다. 돌이켜 생각해 보니, 오랫동안 교토에 대한 동경을 마음속에 품고 있었던 것 같다. 말하자면 료슌 때문에 무의식적으로 상경에 대한 희망을 억누르고 있었던 것인지도 모른다.

'이마가와 료슌은 왜 쇼군 가까이에 가지 못하게 했을까.'

요시히로는 잠시 자문해 보았다. 납득할 만한 이유가 있기도 했다.

쇼군의 이번 스오 행차에 대한 오우치씨의 환대는 료슌에게도 의외의 일로 비추어진 모양이었다. 놀라는 표정 뒤에 알 수 없는 불쾌함이 숨어 있다는 것을 요시히로도 느끼고 있었다. 요시히로는 쇼군을 어떤 정도로 맞이할 것인지에 대해 료슌과 상의할 필요가 있었던 것이다. 만약 상의를 했다면 료슌은 '급하게 정해진 일이고 하루이틀 정도의 체재이니 그다지 준비할 필요는 없을 것이오.' 하고 답했을 것이다.

요시히로는 독자적인 판단으로 쇼군을 접대했다. 다소 요란하고 급하게 준비한 면도 있었다. 요시히로가 열여섯에 첫 전장을 경험한 이후, 그를 물심양면으로 이끈 사람은 바로 료슌이었다. 그러나 료슌은 자신의 품에서 요시히로가 이제는 완전히 독립한 것처럼 느껴졌다. 자신이 아무리 규슈 단다이라 하더라도 오우치씨를 마음대로 부릴 수 없는 상황이 되었다는 걸 인정하지 않을 수 없었다.

규슈 단다이 이마가와 료슌은 쇼군의 위엄을 앞세워 규슈에서 자신의 기반을 넓혀 왔다. 고려왕과 교섭하는 일만 하더라도 료슌이 독단적으로 결정해 왔다. 이에 대해 요시히로가 반발하는 것을 모를 리 없었다.

"규슈 통치는 이마가와 도노가 충분히 잘해 주고 있소. 남조가 문제를 일으킨다고 해도 크게 신경 쓰지 않아도 될 것이오. 오우치 도노가 교토로 올라와도 걱정할 일은 없을 듯한데, 어떻소?"

요시미쓰는 료슌에게 웃어 보였다.

"지당하신 말씀입니다. 오우치 도노는 쇼군의 뜻을 받들어 상경하도록 하시게."

료슌은 조금 경직된 얼굴로 말했다.

"그렇게 하시지."

썩 기분이 좋아진 요시미쓰는 요시히로의 답을 재촉했다. 주변의 시선이 한순간에 요시히로에게 쏟아졌다.

"그렇다면 말씀에 따라 교토로 돌아가실 때 저도 함께 가도록 하겠습니다."

요시히로는 료슌을 한 번 바라보고, 눈을 다시 쇼군에게 돌리며 공손하게 답했다.

—오우치 요시히로의 상경

앉아 있는 사람들 사이로 바람처럼 웅성거림이 퍼져 나갔다.

아버지 오우치 히로요가 쇼군에게 인사하기 위해 상경한 것과는 사정이 매우 다르다. 요시히로의 경우, 쇼군이 직접 명하여 교토로 가게 된 것이다. 게다가 당분간은 교토에 체재하도록 권유하기까지 했다. 지금까지 시골 호족으로 비쳤던 오우치씨가 유력 슈고 다이묘들과 나란히 수도에 입성하는 것이다. 이로써 쇼군의 측근이 새롭게 한 명 더 늘게 된 셈이다.

쇼군 요시미쓰가 요시히로를 교토로 데려가는 이유는 그저 그가 마음에 들어서만은 아니었다. 쇼군이 어떤 목적을 가지고 요시히로를 교토에 불렀다는 것은 얼마 지나지 않아 밝혀지게 되었다.

연회가 끝난 뒤 료슌은 요시히로와 둘만 남을 기회를 기다렸다가 이야기를 꺼냈다.

"잘 결심했소."

"모두 그렇게 말씀하시지만, 정말 잘한 결정일까요."

"그렇게 생각하시면 아니 되오. 이번에 상경하게 된 것은 쉽게 성사된 것이 아니라오."

료슌은 의미 있는 웃음을 보였다.

"무슨 말씀이신지?"

"쇼군은 꽤 사람을 잘 다루시는 분이오."

"저를 어떻게 쓸 생각이실까요."

"교토에 가면 알게 될 테지."

료슌은 말끝을 흐렸다.

"제가 어떻게 쓰일지……, 지금까지 오우치씨는 제 역할을 다 해 왔다고 생각합니다. 규슈에서 싸운 것도 모두 막부를 위해서였고 쇼군을 위해서였습니다. 이마가와 님 말씀대로 모두 따랐습니다. 그리고 적지 않은 피도 흘렸습니다."

"비아냥거리는 것이오? 오우치 도노답지 않소."

"아니, 비아냥거리는 것이 아니라……, 교토에 가면 용병술이 좋은 쇼군에게 혹사당할 수 있다고 이마가와 님께서 말씀하신 바도 있지 않습니까."

"만약의 경우를 생각해서 말해 준 것뿐이오. 한 가지 명심해야 할 것이 있소."

"또 있습니까?"

"고자질을 해서는 안 될 것이오. 아무튼 쇼군의 측근이 되면 다른 사람의 여러가지 소문을 가지고 쇼군의 관심을 사려는 자가 있기 마련이오. 바로 그런 자가 화합을 해치곤 하지."

"거듭 명심해 두겠습니다."

요시히로는 유쾌하지 않은 기분을 겉으로 나타내지는 않았다.

"어찌 되었든, 이 몸은 당분간 교토에 갈 수 없게 되었으니 규슈의 시골에서 흙과 함께 늙어 갈 뿐이오."

"설마 그럴 리 있겠습니까. 저는 이마가와 님께서 규슈를 마음에 들어 하신다고 생각하고 있었습니다."

"좋아하지 않는다고 말하지는 않았소."

"그렇기는 합니다만."

요시히로는 이번에는 날카로운 눈으로 료슌을 보았다. 이처럼 불쾌한 인물이었단 말인가, 하고 속으로 생각하며 혀를 찼다.

"저는 다른 일이 있어서……." 하고 얼른 자리에서 일어나려 했다.

"내일 쇼군은 규슈로 이동하신다고 하오. 오우치 도노는 상경 준비도 해야 할 것이니 스오에서 쇼군을 기다리는 것이 좋을 것이오."

이 또한 괜한 지시였다.

"준비는 부하들이 해 줄 것이니, 저도 규슈에 함께 가겠습니다."

"그리 하겠소?"

료슌의 낙담하는 목소리가 등 뒤에서 흘러나왔다. 요시히로는 료슌 앞에서 자리를 비웠다.

쇼군의 배가 미타지리 해변을 떠난 것은 3월 14일 신시(오후 4시경)였다. 그날은 아침부터 바람 한 점 불지 않았다. 겨우 저녁 무렵이 되어서야 약한 동풍이 불기 시작했다.

밤사이 스오국 앞바다를 지나, 다음 날 새벽 시모노세키 해협을 빠져나갈 계획이었지만 미타지리를 나선 후 오도마리(小泊) 근처에서 풍향이 달라졌다. 점차 서풍이 강해지더니 좀처럼 배가 나아가지 않았다.

도리 없이 다시 돌아와 무카에지마(迎島)에서 일박을 했다. 15일에는 5리 정도 나간 지점인 아카사키(赤崎)에서 큰 풍랑을 만났기에 이와야(岩屋)로 피난하여 그날 밤을 보내야만 했다. 바람과 파도는 점점 거세져 배까지 위태로웠다. 때문에 거룻배로 다지마(田島)에 상륙하여 어부의 집에서 또 하룻밤을 보냈다.

16일 역시 풍파가 거칠었다.

'이런 상황이라면 배로 갈 것이 아니라 육로로 가는 수밖에 없다.'

모두 이렇게 생각했다. 요시미쓰도 같은 생각이었지만 이마가와 료슌만은 그 의견에 반대했다.

"이번 파랑으로 인한 지장을 대수롭지 않게 여겨서는 안 됩니다. 규슈로 건너가는 것을 바라지 않는 하늘의 의지라고 볼 수도 있지요. 이번에는 서하를 단념하시고 교토로 돌아가시는 것이 좋을 듯합니다. 교토에 무슨 일이 일어난 것은 아닌지 염려가 됩니다."

"그런 것일까."

요시미쓰도 일말의 불안을 느끼기 시작한 모양이었다.

"이마가와 도노, 불길한 말을 하는군."

호소가와 요리유키가 미간을 찌푸렸다.

"그런 비방을 각오하고 드리는 말씀입니다. 만약 쇼군께 무슨 일이라도 생기면 어떻게 할 셈입니까?"

료슌이 되물었다. 그런 말을 듣고 보니, 이런 악천후를 헤치고 억지로 쇼군을 규슈로 안내할 특별한 이유는 없었다. 만약 료슌의 말처럼 무슨 일이라도 일어난다면 추궁당할 것이 틀림없었다. 육로를 주장하던 자도 입을 다물고 말았다. 결국 규슈행은 중지되고 귀선하기로 결정되었다.

요시히로는 가만히 입을 다물고 이러한 상황을 지켜보고 있었다. 기분 탓인지 료슌만이 결사적으로 쇼군의 규슈행을 저지하고 있는 것처럼 보였다.

"규슈는 가까운 곳입니다. 앞으로 얼마든지 행차하실 수 있습니다."

요시히로의 싸늘한 눈이 자신을 멀리서 지켜보고 있다는 사실도 전혀 모르는 채, 료슌은 거듭 말을 이어 갔다.

'무언가 규슈에 비밀이 있어.'

요시히로는 최근에 규슈 단다이를 만나러 간 적은 없었지만 쇼군의 서하를 그다지 반기지 않는 료슌의 마음을 알아채고는 있었다.

'역시 그 때문인가.'

문득 어떤 정경이 떠올랐다. 고려왕이 보낸 사자를 료슌이 맞이하던 장면이었다. 사자 뒤에는 금구 처치에 대한 감사의 표시로 선물이 산처럼 쌓여 있었다. 료슌이 그것들을 교토의 쇼군에게 보내고 있다는 사실을, 당시만 하더라도 요시히로는 아직 모르고 있었다.

요시히로는 료슌이 고려와 교역을 꾸미고 있다는 것을 들은 바 있었다. 그것은 쇼군의 대리인으로서, 또는 막부를 위해 하는 일이라기보다, 이마가와 자신을 위한 일이었다. 요시히로는 료슌이 거대한 이익을 독점하고 있다고밖에 여겨지지 않았다. 이런저런 이유로 료슌은 쇼군이 규슈 땅을 밟지 않았으면 하고 생각했던 것이다.

아무것도 모르는 요시미쓰는 료슌의 말에 꾀어 귀경하기로 결정하고 바람이 좋은 날을 기다렸다. 그리하여 18일 가마도노세키(가미노세키上關)를 출발하게 되었다.

26일 효고에 입항하여 다음 날 교토에 도착하였다. 요시히로는 난생 처음으로 수도에 입성하게 되었다. 그는 이로부터 약 십 년밖에 살지 못했다. 그렇지만 요시히로에게 새로운 세계가 갑작스럽게 전개된 것은 바로 이 입성의 순간부터였다.

아시카가 쇼군의 저택 '무로마치도노(室町殿)'는 기타코우지 무로마치(北小路室町)에 있었다. 현재의 이마데가와(今出川) 북쪽 가라스마(烏丸)와 무로마치 사이에 남북 2정(町), 동서 1정의 광대한 대지가 바로 쇼군의 저택이었다.

건물은 신덴즈쿠리(寝殿造り, 헤이안 시대 귀족 주택의 건축 양식)이며 여러 곳에서 좋은 나무와 꽃을 가지고 와 꾸몄기 때문에 사철 꽃이 흐드러지게 핀다. 저택을 '가테이(화정, 花亭)', '하나노 고쇼(꽃들의 처소, 花の御所)'라고 부르거나, 요시미쓰를 '고쇼사마(御所様)'라고 존칭하는 것도 이러한 사정 때문이었다.

"에이토쿠 원년에는 천황께서 직접 행차하신 바가 있습니다. 황궁과 비교하시며 이 훌륭한 정취에 놀라셨다 합니다."

안내를 해 주던 구라하시 효에(倉橋兵衛)가 목소리를 약간 낮추며 웃었다.

'에이토구 원년이라 하면 내가 히고의 기쿠치 성을 함락시켰을 때로군.'

요시히로는 성에 틀어박혀 맹렬하게 저항하던 기쿠치군과 힘들게 싸웠던 일을 회상하며, 당시 쇼군은 여기에 계셨던 거로군, 하고 생각에 잠겼다. 료슌으로부터 듣기는 했지만 상상을 초월하는 호화로운 저택이었다. 저택에 빗댄 '고쇼사마'라는 호칭도 일단 그 실제를 확인해 보면 수긍할 수밖에 없다.

요시히로는 둘째 동생 히로마사를 비롯하여 오십여 명과 함께 교토로 올라왔다. 그들은 도도인(東洞院) 거리에 면한 공가를 거처로 삼기로 했다. 넓기는 하지만 낡은 빈집을 고쳐 사용하기로 한 것이다.

쇼군의 명에 따라 관령 호소가와의 부하 일행이 시중을 들어 주었다. 그가 바로 구라하시 효에다. 서른 살이 넘은, 성실하고 올곧은 사무라이였다.

머무는 기간이 길어지거나 앞으로 교토에 올 일을 생각하면 거처를 마련해 두는 것이 마땅했다.

교토에 도착한 요시히로는 먼저 교토에 와 있는 쇼군께 인사를 드리러 갔다. 쇼군은 '당분간 천천히 마을을 둘러보는 것이 좋을 것'이라고 냉랭하게 말할 뿐이었다. 역시 쇼군은 여러 귀족들과 만나느라 바쁜 듯이 보였다.

구라하시 효에가 안내해 주어 부하 몇 명과 함께 교토를 구경했다. 마침 벚꽃이 만발하는 시기였다. 사카노우에노 다무라마로(坂上田村麻呂)가 건립했다는 라쿠토(落東)의 기요미즈테라(清水寺)부터 히가시야마(東山)의 기슭 일대에 이르기까지 흐드러지게 핀 벚꽃은 꿈에서나 볼 수 있을 법한 풍광이었다.

'오미쓰에게도 보여 주었으면.'

아내를 생각하니 요시히로의 마음은 달콤하고도 씁쓸하게 아려 왔다. 그러나 태어나서 처음으로 접하는 수도의 풍경이 그를 곧 흥분에 빠지게 했다.

요시히로가 무엇보다 놀란 것은 마을 그 자체였다. 스자쿠오지(朱雀大路)의 폭은 80다케(약 242m)로, 한없이 넓은 도로가 도시 중앙을 가로지르고 있다. 축제 때는 엄청난 인파가 종일 그 거리를 누빈다고 한다.

'이것이 바로 교토의 모습인가!'

아버지 히로요가 예전에 보았던 수도의 모습이 바로 이것인가, 하고 요시히로는 새삼스레 왕도의 땅이 가지는 화려함에 눈을 빼앗기고 말았다. 분지인 교토는 삼면을 동산, 서북산, 서산이 둘러싸고 있으며 남쪽으로 열린 지세가 야마구치와 꼭 같았다. 히로요가 작은 교토를 구상한 것도 일리가 있었다.

히로요의 뜻을 이은 요시히로가 야마구치를 정비하여 황량했던 분지에는 집들이 겨우 늘어서기 시작했다. 그러나 지금 그의 눈앞에 펼쳐진 수도의 번화함에 비하면 작은 교토라고 말하는 것도 부끄러워질 정도로 야마구치는 볼품이 없다. 남조와의 전쟁에 차출되어 재력의 태반을 쏟고 있었을 때, 쇼군은 눈부시게 화려한 교토에서 호강하며 살고 있었던 것인가, 요시히로는 순간 그런 마음이 들었다.

요시히로는 교토의 거리를 열심히 살펴보면서, 규모는 작지만 오우치씨의 본거지를 서쪽의 교토라는 이름에 걸맞게 야마구치에 만들어야겠다고 절실하게 생각했다. 아버지 히로요도 같은 생각이었을 것이다. 당시에는 어려서 아버지의 흥분된 마음을 충분히 알 수 없었다. 돌이켜 생각해 보니, 야마구치에 본거지를 옮긴 후 히로요는 예전처럼 무조건 전쟁만 고집하지 않았다. 전쟁에서 소비하는 재력을 마을을 만드는 데 쓰고 싶었던 것이다. 이마가와 료슌이 의뢰한 출병에 응하려고 하지 않았던 데는 여러 이유가 있었겠지만, 그중 하나는 출비가 아까웠기 때문이었는지도 모른다.

요시히로는 그런 아버지의 뜻을 반대하며 끝까지 대립하여 규슈의 전장으로 달려 나갔다. 그 후 여러 우여곡절이 있었고 어쨌든 최악의 험악한 상황은 피했지만, 두 사람 사이가 완전히 회복되지 못한 가운데 아버지 히로요는 세상을 떠나고 말았다. 요시히로도 당시에는 숙고한 끝에 결정한 일이었다. 지금 후회해도 소용없다. 단지, 예전에 아버지가 바라보았을 이 교토의 거리를 이렇게 걷고 있자니 아버지의 뜻을 따르지 않은 자식으로서의 슬픔이 차츰 밀려오는 듯했다. 적어도 아버지가 꿈꾸었던 서쪽의 교토를 자신의 손으로 완성하고 싶다는 생각이 간절해졌다.

마을을 만들려면 막대한 자금이 필요하다. 영민들의 세금을

착취한다고 해도 한참 모자랄 것이다. 요시히로는 역시 고려, 명과의 교역을 생각하지 않을 수 없었다. 이마가와 료슌이 그것을 획책하고 있는 듯했지만, 오우치씨의 개입을 일절 허락하지 않고 있다. 어쩌면 쇼군의 지시마저 피하고 싶은지도 모른다.

'이마가와가 규슈 단다이 자리에 있는 한, 도리가 없어.'

요시히로는 예전부터 그렇게 생각하고 있었다.

지금껏 열심히 노력한 대가로 오우치씨가 얻은 것은 무엇인가? 그다지 실속 없는 부젠의 땅과 한낱 장식에 지나지 않는 관위 정도이다.

료슌이 시작하려는 무역 사업에 끼여 한몫 챙기기 위해서는 쇼군과의 사이가 친밀하지 않으면 안 된다. 이번 상경은 다시없을 절호의 기회인 것이다.

'쇼군께서는 사람을 매우 잘 쓰신다'고 한 료슌의 말이 떠올랐다. 요시히로 단독으로 쇼군과 가까워지는 것을 경계한 료슌은 지금까지 묘한 말들을 흘렸지만, 쇼군이 사람을 잘 쓴다는 대목만큼은 의미심장했다. 언젠가 깨닫게 될 것이다, 하는 말투였다. 우선 료슌부터가 사람을 이용할 생각밖에 하지 않는다. 쇼군도 마찬가지겠지. 일부러 교토까지 부른 것은 모두 꿍꿍이속이 있기 때문일 것이다.

'대관절 나를 어떻게 이용하려는 셈일까. 다소 불안하지만 이렇게 된 이상 쇼군의 주변에서 제대로 일해 보자.' 하고 각오를 다졌다. 규슈의 이마가와 료슌이 신경을 곤두세우고 교토의 상황을 지켜보고 있을 것이라 생각하면 수상쩍기도 해서 역으로 뒤통수를 쳐 깜짝 놀라게 해 주고도 싶었다. 그러나 쇼군은 요시히로에게 달리 이렇다 할 이야기를 하지 않았다.

교토에 도착한 지 3개월이 지나고 6개월이 지났다. 그 사이 쇼군과 몇 차례 만나기는 했지만 특별한 이야기는 듣지 못했다. 천천히 시간이 흐르는 일상이 이어지고 있었다. 언젠가 막부로부터 역직을 맡아 달라는 소식이 있을 것이라 기대하고 있었지만, 그러한 일도 없었다.

'시골 스오에서 막 나온 촌놈이 무슨 일을 할 수 있을까. 기껏해야 전장을 누비며 살육의 칼을 휘두르는 정도일까.'

요시히로는 번쩍 정신이 들었다.

"그래! 전쟁이야!"

자신도 모르게 조그만 소리로 외치고 말았다.

전쟁의 낌새가 없는 것도 아니었다.

교토가 아닌 오와리(尾張)에서는 이미 피가 흐르고 있었다. 요시히로가 상경하기 전년인 가케이 2년(1388년) 5월, 오와리국의 새 슈고 도키 미쓰사다(土岐滿貞)가 들어오는 것을 종형제인 아키나오(詮直)가 저지하고 공격했다. 상속을 둘러싼 동족 간의 싸움인 듯했지만, 실제로는 쇼군 요시미쓰가 획책한 일족괴란의 덫이었다.

미노(美濃) · 이세(伊勢) · 오와리 이 삼국을 관장하고 있던 도키 요리야스(土岐頼康)가 사망한 뒤, 사람들은 당연히 양자 야스유키(康行)가 그 영토를 이어받을 거라고 생각했지만, 요시미쓰는 미노, 이세 두 나라만 야스유키에게 주고, 오와리는 그의 동생인 미쓰사다에게 주었다. 강력한 도키씨의 세력을 약화시키기 위해 분쟁의 씨앗을 뿌렸던 것이다. 요시미쓰의 계략에 말려든 도키씨는 교가타(京方) 미쓰사다와 구니가타(國方) 아키나오로 나뉘어 싸웠고, 나아가 야스유키도 아키나오를 도와 내란에 가담했다.

고오(康應) 원년(1389년) 4월, 요시히로가 교토에 들어온 지 한 달 정도 지났을 무렵이었다. 요시미쓰는 야스유키를 토벌하기 위한 병사를 미노 · 오와리에 보냈다.

요시히로에게 출병 명령을 내리지 않은 것은 교토에 온 지 얼마 되지 않았기 때문이며, 또한 오십 명 정도에 불과한 오우치 병사들은 그다지 힘이 되지 않을 거라고 판단했기 때문이었다.

"천천히 교토를 둘러보는 것이 좋을 것이오."

요시미쓰가 그렇게 권하기는 했지만, 그 말대로 느긋하게 지내다가는 지금이라도 배반을 당할지 모른다고 요시히로는 단단히 각오하고 있었다. 요시히로의 존재를 잊은 것처럼 쇼군은 아무런 연락도 하지 않았다.

다음 해인 메이토쿠(明德) 원년(1390년) 윤삼월, 도키 야스유키는 토벌군에게 패했다. 미노 · 오와리 · 이세 삼국은 도키 요리마스(土岐頼益), 도키 미쓰사다, 니키 미쓰나가(仁木満長)에게 각각 분배되었다. 이리하여 유력 슈고 도키씨는 해체되고 말았다. 이런 어수선한 움직임이 마무리된 직후 요시히로가 하나노 고쇼에 문안을 드리러 가자 그날따라 요시미쓰는 단둘이 이야기를 나누자고 했다.

"작년, 스오에서 규슈로 이동하려 할 때 악천후로 못 간 것이 매우 유감스럽소. 규슈 단다이가 잘해 주고 있어서 불안하지는 않으나 가까운 시일 내에 다시 가 보고 싶소."

"꼭 그렇게 해 주십시오. 규슈는 방심할 수 없는 곳입니다."

"방심할 수 없다고?"

요시미쓰는 요시히로를 쏘아보았다

"이마가와 도노의 활약으로 남조 세력이 다시 장악하는 일은 없을 거라 생각합니다. 게다가 규슈의 지토(地頭, 조세의 징수와 치안 유지 등을 담당하던 벼슬) 및 무사들에 대한 토지 소유권과 포상 등은 이마가와 도노가 빠짐없이 직접 관리하고 있기 때문에 표창장을 받는 이는 흥분을 감추지 못할 정도입니다. 따라서 그 위력은 이미 충분하다고 할 수 있을 것입니다."

"이마가와가 표창장까지 주고 있다 했는가."

"저도 한 번 받은 적이 있습니다."

"무사들에 대한 표창장 수여는 월권이라고 생각하지 않소?"

"토지 소유권과 각종 포상도 하기 때문에 표창장도 당연하다 여겼습니다만……."

"포상은 몰라도 표창장은 쇼군이 내리는 것이 관례이오."

"이거…… 괜한 말씀을 드린 것 같습니다. 결코 이마가와 도노에 대한 악의가 있어서 이런 말씀을 드린 것은 아닙니다. 문책하지 말아 주소서."

"알겠소. 기회가 되면 이마가와에게 말해 두겠소. 헌데, 조금 전 규슈가 방심할 수 없는 곳이라 했는데 그것은 무슨 뜻이오? 이마가와를 조심하라는 뜻인가?"

"당치도 않는 말씀입니다. 고려와 명에서 종종 사자들이 규슈로 옵니다만, 그 나라들의 움직임에 대해 방심해서는 안 된다는 뜻이었습니다."

"명이 쳐들어온다는 뜻이오?"

"그런 일은 없을 것입니다만, 그래도 명나라의 동향에 대해서는 주의해야 합니다. 그 이유는 이마가와 도노가 잘 알고 있을 터입니다."

"이마가와는 나에게 아무 말도 하지 않았소."

드디어 요시미쓰의 눈이 차갑게 빛나기 시작했다.

명이 공격할 가능성이 있지 않은가, 하고 요시미쓰가 말한 데는 이유가 있었다. 지난 고랴쿠 원년(1379년), 요시미쓰가 명나라 태조에게 보낸 문서가 무례하다며 정벌의 뜻을 밝힌 바 있었고,

다음 해에는 사자가 가지고 간 편지 내용이 신하가 군주에게 올리는 문서의 형식을 갖추지 않았다며 반려된 바 있었다.

대국이라고 자처하는 명은 신하로 복종하는 나라에만 '조공무역'을 허락하는 방침을 취하고 있었다. 따라서 명과 무역을 개시하기 위해서는 명의 속국임을 인정해야만 했다.

당시, 사쓰마의 시마쓰씨가 명과 국교를 맺기 위해 사자를 보낸 바가 있었지만 일본 국왕의 정식 요구가 아닌 사적 요구에는 대응할 수 없다며 상대도 해 주지 않았다. 명은 이미 남조의 쇠락을 알고 있었고 그들이 '일본의 국왕'이라고 여겼던 것은 바로 무로마치 막부의 쇼군이었던 것이다. 즉, 명과의 교역은 요시미쓰의 결단에 달려 있었다. 그리고 이 일을 진행시키는 것은 규슈단다이 이마가와 료순이 해야 마땅했지만, 그는 쇼군에게 아직 어떠한 보고도 하지 않았던 것이다.

'이런 오만방자한…….'

요시히로는 새삼스레 료순에 대해 다시 생각했다.

"명나라에 굴종하는 것은 어떻소?"

요시미쓰는 명의 속국이 되면 쇼군의 권위를 의심받지 않을까 우려하는 듯했다.

"마음으로 굴종하지 않으면 된다고 생각합니다. 명은 형식을 따지고 있을 뿐입니다. 문서나 사자의 형식 정도만 갖추면 되는 것입니다."

요시히로는 교역으로 인한 거대한 이익에 대해 줄줄이 늘어놓았다.

“생각해 보기로 하지.”

요시미쓰는 그 자리에서 즉답하지는 않았지만 다시 고개를 갸웃거리며 말했다.

“이마가와는 왜 아무 말도 않았을까.”

“이마가와 도노는 명국보다 고려국과 교역하는 것을 먼저 생각하고 있었는지도 모릅니다.”

“고려와의 교역은 진행 중인가?”

“고려왕은 금구 조치에 대해 대단히 감사하게 여기고 있습니다. 그 답례로 교역 의향을 밝힌 바 있다고 전해 들었습니다만…….”

“나는 아직 자세한 이야기를 듣지 못했소만, 그 일도 이마가와가 직접 진행하고 있는 것이오?”

“남조에 속해 있던 규슈 해적을 진압하고 회유하여 조직화한 것은 누가 뭐라고 해도 이마가와 도노의 공적입니다. 고려국이 먼저 이마가와 도노에게 상담한 것은 당연한 일입니다.”

“이마가와에게 말인가.”

“이미 이마가와 도노의 이름은 고려국에 널리 알려져 있을 것입니다. 그렇다고 이마가와 도노가 쇼군께 알리지 않고 독단으로 결정하지는 않을 것입니다. 고려국과 있었던 일은 조만간 말씀드리지 않겠습니까?"

요시미쓰의 얼굴색이 점점 창백하게 변해 가는 것을 요시히로는 관찰하고 있었다. 쌓였던 불만이 싹 가시는 기분이었지만 문득 스오에서 료슌이 한 말이 떠오르기도 했다. 바로 고자질을 해서는 안 된다는 말이었다.

그러나 요시히로는 다짐을 받듯이 뻔뻔하게 충고를 하던 료슌에게 강하게 반발하고 있었다. 이제와 새삼 양심의 가책을 느낄 필요도 없었다. 오히려 료슌에 대한 개운치 않던 기분이 깨끗하게 정리되었다는 확신이 솟아올랐다.

요시히로는 '이마가와 료슌을 규슈 단다이 자리에서 내려야 할 것'이라는 무시무시한 생각을 품음과 동시에 료슌 대신 자신이 그 자리에 앉아야겠다는 야망을 품게 되었다. 그 야망은 예전부터 조금씩 길러지고 있었지만 지금 한순간 급작스레 불타올랐다.

요시히로는 태연한 체하며 자리에서 물러났지만, 혼자가 되었을 때는 무서울 정도로 가슴이 떨리는 것을 느낄 수 있었다.

하나노 고쇼에서 나오자 초여름의 밝은 햇살을 받은 쓰키야마(築山, 정원에 돌과 흙 등을 쌓아서 산처럼 만든 곳) 저편에서 구라하시 효에가 나타났다. 기다리고 있었던 모양이었다.

"꽤 오랫동안 말씀을 나누셨군요."

효에는 상기된 요시히로의 얼굴을 들여다보며 말했다. 임시로 안내역을 맡은 사무라이 효에는 요시히로가 교토에 적응한 뒤로는 가끔 얼굴을 마주하는 정도로만 만났다. 하지만 요시히로가 오늘과 같이 쇼군과 만나는 날에는 반드시 모습을 나타내었다. 요시히로의 동정을 살피라는 명을 받았을 것이다.

"쇼군께서 규슈에 대해 여러 가지로 물어보시기에."

요시히로는 효에의 질문을 가볍게 받아 넘겼다. 효에도 더는 묻지 않았다. 끈질기지 않은 구석이 마음에 든다. 요시히로는 효에의 인성에 대해서는 호감을 갖고 있었다.

"오우치 님, 오늘은 조금 드문 자리로 안내하고자 합니다. 같이 가 주실 수 있으신지요."

"어떤 자리이기에?"

"시(詩) 모임이기는 합니다만 그것은 표면적인 것이고, 실제로는 공가(公家)의 연회 같은 것이지요. 미모의 여인들을 불렀으니 한번 보시는 게 어떨지……."

"나 같은 야인이 갈 자리는 아닌 것 같네."

"꼭 모시고 오라는 말씀이 있었습니다."

"허허. 누가 그런……."

"좌대신 산죠(三條)께서는 오우치 히로요 도노가 상경하셨을 때 뵌 적이 있다고 하셨습니다. 그 아들인 요시히로 님을 꼭 만나고 싶어 하십니다."

"음……."

썩 내키지는 않았다. 그렇다고 단호하게 거절할 이유도 없어 결국 효에를 따라 산죠가(三條家)를 방문하게 되었다. 얼마간의 호기심도 작동했을 것이다.

열 명 정도의 귀족들이 내밀하게 모여 정원이 보이는 방에 흩어 앉아 있었다. 서로 시를 읊고 있는 듯했다.

"부군 히로요 도노께서 교토에 오셨을 때에는 대단히 신세를 졌습니다."

산죠 긴후사(三條公房)가 말했다. 시골에서 온 아버지 히로요에게 신세 진 일이란 무엇일까. 아버지가 교토에서 거액의 돈을 뿌렸다고 했는데, 어쩌면 산죠에게도 그 일부가 흘러들어 갔을지도 모른다.

"오우치 도노, 한 수 피로(披露)해 보시지요."

사회를 맡고 있는 듯한 젊은 사람이 부드럽게 말을 건넸다. 시 모임에 대해서는 효에로부터 이미 들은 바 있어, 각오는 해 두었다. 효에는 내년 정월 렌가 대회 때에는 요시히로도 출석해야 하기 때문에 지금부터라도 공부를 겸해 이런 분위기에 익숙해질 필요가 있다고 평소에도 말해 주었다.

"그럼, 한 번 웃어 주시지요."

요시히로는 한 수 적어 보였다.

'내 소맷귀가 이토록 젖은 것은, 당신을 만나지 못하는 것이

서러워 매일 울고 있기 때문일까.'

"자, 읽어 주시지요."

요시히로는 부끄러워하면서도 낭랑한 목소리로 자작시 '연가(戀歌)'를 읊었다.

"훌륭하십니다."

누군가 탄식을 섞은 목소리로 말했다. 일동 말없이 고개를 깊이 끄덕이는 것을 보니 마냥 마음에도 없이 겉치레로 하는 말은 아닌 것 같았다. 시골뜨기 다이묘다운 촌스러운 시를 예상하고 속으로 무시하고 있었겠지만 생각지도 못한 유려한 격조의 시에 충격을 받은 모양이었다.

주연이 벌어졌다.

"실례지만, 오우치 도노는 어디서 시를 배우셨는지요."

산죠 긴후사가 조용하게 물었다.

"규슈의 전장 사이사이에 처음 배웠습니다."

"허…… 전장 사이사이에!"

두 사람의 대화를 듣고 있던 주변 사람들이 야단스레 입을 모았다.

"규슈 단다이 이마가와 료슌 도노가 권하셔서……."

"아아, 이마가와 도노께서, 역시."

"오우치 도노는 전장에서도 용맹하시고, 시에도 능숙하시고,

술에도 강하시고, 또한 풍채도 훌륭하십니다. 시골에 묻혀 지내기에는 아까운 분입니다."

모두들 노골적으로 발림 말을 하였다. 기분이 나쁘지는 않았지만 묘하게 낯간지러웠다.

"그런데 무로마치 도노는 종종 만나십니까?"

긴후사가 갑자기 화제를 바꾸었다.

"실은 오늘도 하나노 고쇼에 문안을 드리러 갔습니다."

"또!"

모두 크게 놀라는 것 같았다. 문안에 대해서는 구라하시 효에로부터 들어 이미 알고 있을 터였다. 효에는 요시히로를 산죠 긴후사의 집으로 안내한 이후 사라졌다. 요시히로를 불러들이는 역할을 한 뒤 일찍 돌아간 것인지, 아니면 어딘가에서 연회가 끝나기를 기다리고 있는 것인지 알 수 없었다.

"무로마치 도노께서 특별히 말씀하신 게 있습니까?"

"아닙니다. 제 고향에 대해 이것저것 말씀드린 것 외에는……."

효에에게 답한 것처럼 그렇게 빠져나가면서, 요시히로는 점점 의문이 들기 시작했다.

'이들은 쇼군을 만난 내게서 뭔가를 캐내려 하고 있어.'

"야마나(山名) 도노가 화제에 오르지는 않았습니까?"

한층 낮아진 목소리로 긴후사가 물었다.

"야마나 도노라니요……. 야마나의 야라는 말도 나오지 않았습니다만, 야마나 도노께 무슨 일이라도 생겼습니까?"

긴후사는 당황한 듯이 손을 저으며 "재미없는 이야기는 그만 둡시다. 오우치 도노가 쩔쩔매고 있어. 허허허." 하고 억지로 웃었다. 속사정이 있는 모양이었지만 요시히로는 정말 아무것도 몰랐다.

잠시 후, 세 명의 젊은 여인이 연회석으로 들어와 나란히 앉았다. 조금 전 요리를 가지고 온 여자들과는 옷차림부터 달랐다. 모두 신분이 높은 집 규수들 같았지만 긴후사의 딸이라고 보기에는 너무 어렸다.

"이봐, 그냥 앉아 있기만 한다면 눈에 거슬리기만 할 뿐이야."

긴후사가 술에 취한 어조로 말하며, 요시히로 쪽으로 가 보라는 듯이 손짓을 했다. 세 여인은 얌전히 요시히로 앞으로 다가가 먼저 정중하게 머리를 숙였지만 표정은 굳어 있었다.

"이 아이들은 나의 둘째 동생 딸들로, 위로부터 유키(雪), 가쥬(賀壽), 후지(富士)……."

이름이 불리자 상체를 약간 앞으로 숙이며 말없이 요시히로에게 인사를 했다. 기품 있는 여자들이었고 미모도 뛰어났다. 두 여동생의 얼굴은 약간 통통한 편이었지만, 언니 유키히메는 얼굴형이 갸름하고 턱도 약간 뾰족했다. 코는 높고 긴 눈매의 눈은 맑았다. 언젠가 본 고려 미인도에서 막 나온 듯한 용모였다.

'미쓰와 비교해도 지지 않을 정도로 미인이로군.'

요시히로는 순간적으로 생각했다. 유키, 즉 '눈(雪)'이라는 뜻의 이름에 걸맞게 뺨은 투명하게 보일 정도로 희고 살결이 고왔다.

'교토의 여자란 바로 이러한 모습인가!'

요시히로는 체면 따위는 잊고 시선을 유키히메에게 고정시켰다.

취기가 돌자 사람들은 한층 더 수다스러워졌다. 부질없는 남의 소문이나 이야기하는 것이다.

'공가 사람들이 이 모양이라니, 재미없군.'

술에 취하기는 했지만 요시히로는 편안하게 그 분위기를 즐길 수 없었다. 게다가 세 여인은 시선을 내리뜨고는 있었지만 요시히로를 관찰하는 것처럼 보였다. 어느 사이에 두 여동생은 자리를 뜨고 없었다. 요시히로가 유키히메만을 바라보는 것이 신경 쓰였기 때문일 것이다. 유키히메는 자리에서 일어나는 동생들을 살짝 쳐다보았지만, 미소를 머금은 채 가만히 앉아 있었다.

요시히로는 화장실에 가고 싶었다. 유키히메가 일어나 긴 복도를 앞장서서 안내해 주었다.

유키히메의 얇은 비단옷이 복도를 지나면서 가벼운 소리를 일으켰다. 요시히로는 넋을 잃고 '미쓰보다 조금 더 키가 크구나.' 하고 생각했다. 일어나서 걸어 보니 꽤 취한 것을 느낄 수 있었다. 볼일을 보고 손을 씻으면서 넓은 정원을 흘끗 바라보니 석양 때문에 정원이 암적색으로 붉게 물들어 보였다.

"취한 것 같구나. 정원에서 잠시 바람을 쐬고 싶다. 너는 신경 쓰지 말고 안으로 들어가거라."

"아닙니다. 저도 함께 가겠습니다. 혹시 제가 방해가 되는지요?"

유키히메는 처음으로 환한 웃음을 보여주었다.

지나가는 하인에게 신발을 가지고 오게 하여 두 사람은 정원에 깔아 놓은 돌을 따라 샘물이 있는 곳까지 걸었다.

"실례인 줄 알면서도 오우치 도노의 시를 읽었습니다."

"읽을 정도의 것은 아니었을 텐데."

"매우 훌륭했습니다. 무례한 표현이지만 감동받았습니다."

"……."

"야마구치에 계신 분은 틀림없이 아름다운 분이시겠지요. 그 분을 생각하며 시를 지으셨다는 걸 금방 알 수 있었습니다."

"수련은 언제 피는 꽃인가?"

요시히로는 유키히메의 말을 가로막으며 물었다.

"유월이 끝날 무렵입니다."

"그 꽃을 한번 보고 싶구나."

"저희 집에 언제 한번 오셔서 연꽃을 보시지 않겠습니까?"

"자네는 좌대신의 조카이지?"

"오우치 님 댁은 도도인에 있지요? 저희 집도 같은 곳에 있습니다."

"아, 그렇군!"

요시히로는 일부러 놀라는 표정을 지으며 유키히메를 바라보았다. 요시히로의 얼굴을 바라보는 유키히메의 빰이 붉게 보였던 것은 단지 석양 때문만은 아니었을 것이다.

"이런. 이런 곳에서 사랑을 속삭이다니, 오우치 도노도 보통이 아닐세." 하고 들뜬 목소리가 들려왔다. '세력가 중장(中將)'으로 불리는 초로의 귀족이었다.

"좌대신이 지금부터 에이쿄쿠(郢曲, 중국 춘추 시대 초나라의 서울이던 영郢 땅의 사람들이 부른 노래라는 뜻으로, 비속한 음악을 이르는 말)를 피로한다고 합니다. 오우치 도노에게도 꼭 들려주고 싶어 하십니다."

"잠시 술을 깨러 나와 있었습니다."

요시히로는 겸연쩍어하면서 안으로 들어갔지만, 유키히메는 자리로 돌아오지 않았다.

날이 완전히 저물어 집으로 돌아가려고 하는데, 구라하시 효에가 나타났다. 역시 저택 어딘가에서 기다리고 있었던 모양이었다.

"어떠셨습니까. 재미있으셨지요?"

효에가 웃으면서 말했다.

"귀족들에 대해서는 조금 알 수 있었으나, 따분하기도 했다."

"여자는 어떠했습니까?"

요시히로는 유키히메와 이야기를 나눈 것, 그래서 어느 귀족으로부터 놀림을 받은 것 등에 대해 거나하게 말해 주었다. 효에는 그자가 호색한으로 가난한 귀족이며, 유키히메를 연모하고 있을 것이라 말했다.

"어떻습니까? 놀러 가 보시지 않겠습니까? 유키히메의 집으로 안내하겠습니다."

진지한 어조로 부추겼다. 효에는 산죠가와 연고가 있어 자주 왕래하는 듯했다.

"유키히메가 연꽃을 보러 오지 않겠느냐고 하기는 했다. 가까운 곳에 살고 있는 모양이니 언제 한번 가 보도록 하지."

"그건 전혀 어려운 일이 아닙니다. 그분은 예전에 어느 귀족 댁으로 시집을 갔으나 한 달이 채 지나지 않아 남편이 죽어 버렸죠. 가여운 분입니다. 지금은 도도인에 있는 집에 약간의 하인들과 함께 외롭게 지내고 있습니다. 자매 셋 가운데 가장 인품이 좋고 미모도 뛰어나다는……."

"효에, 자랑이 지나치오."

"아이고, 죄송합니다. 그런 게 아니라……."

효에가 몹시 당황하며 부정하는 것을 보니 어쩐지 수상쩍었다.

"농으로 한 소리요. 신경 쓰지 마시게."

요시히로는 웃으며 그의 어깨를 두드렸다.

"그 정도의 미모를 가진 여인이라면 내게 넘긴다 해도 전혀 화가 나지 않소. 정말로 연꽃이 피면 가 보도록 하지. 안내해 주겠소?"

"그거야 물론."

효에는 안심한 듯 답을 건넸다. 그 이후 어떤 속셈인지 효에가 아무 말도 하지 않아, 요시히로는 이 이야기가 흐지부지된 것으로만 알고 있었다.

그런데 유월이 끝나갈 무렵의 어느 저녁, 효에가 유키히메의 집으로 가 보자며 요시히로를 찾아왔다. 막상 가려 하니 어쩐지 겸연쩍어 대답을 망설였지만 결국 요시히로는 움직이기로 했다.

유키히메가 살고 있는 집의 문은 무척 낡아 보였다. 그 문을 지나자 군데군데 잡초가 자라 있는 정원이 나왔다. 손질을 하지 않은 정원은 여름 석양에 비치어 아주 나른하게 보였다. 그러나 넓은 못에는 연꽃이 가득했다. 연붉은 꽃이 일제히 피어 못만큼은 화려하게 느껴졌다.

못 맞은편에 있는 방 역시 얼마간은 썩은 난간에 둘러싸여 있었다. 방으로 들어가 기다리고 있으니 방금 막 머리를 감고 나온 듯 검은 머리카락을 길게 늘어트린 유키히메가 조용히 들어왔다.

"오랫동안 기다렸습니다."

유키히메의 촉촉한 목소리가 요시히로에게는 약간 의외로 느껴졌다. '오랫동안…'이라는 유키의 표현이 도발적으로 들렸기 때문이다.

"꽃이 잘 피어 있구나."

요시히로는 유키히메의 뜨거운 시선을 피하듯이 못 쪽으로 고개를 돌렸다. 끊어질 듯 이어지는 대화가 약 30분 정도 계속되었다. 그러고 나서 안쪽 객실로 안내를 받아 들어가니, 그곳에는 훌륭한 그릇의 술상이 차려져 있었다.

집은 꽤 넓은 데다 전체적으로 약간 어둡고 고요했다. 하인들도 어느 틈엔가 사라지고 남은 것은 두 사람뿐이었다. 언제나 그랬던 것처럼 효에도 모습을 감추었다. 같이 온 요시히로의 부하 몇몇과 함께 멀리 떨어진 방에서 쉬고 있는 듯했다.

"여긴 조용하지요."

"외출은 잘 하지 않는가?"

"은둔자처럼 살고 있습니다. 저에 관한 이야기는 들으셨겠지요?"

"음."

어느새 날은 저물어 방 안이 어두워졌다.

"불을 밝히도록 하겠습니다."

유키히메가 일어서려 하는 것을 "아니, 그냥 두어라." 하고 요시히로는 무릎걸음으로 성큼성큼 다가가 유키히메의 가늘고 흰 손목을 잡았다. 순간, 야마구치에 있는 미쓰의 모습이 스쳤지만, 미쓰를 밀쳐내듯이 유키히메는 가만히 요시히로에게 기대 왔다. 요시히로는 땀에 젖은 유키히메의 몸을 그 강인한 손으로 감싸 안았다.

나의 선조는 백제 왕족

메이토쿠 원년(1390년) 12월 말, 한 중장의 저택에서 연말 모임이 열렸다. 생각지도 않았는데 요시히로도 초대받아 참석하게 되었다.

연회가 끝날 무렵, 돌연 한 귀족이 요시히로에게 큰소리로 물었다.

"그런데 요시히로 도노의 가문은 겐지(源氏)인가 헤이시(平氏)인가?"

일순간 주변이 조용해졌다.

교토의 다이묘 대부분은 자칭 세이와겐지(淸和源氏, 제56대 세이와 천황의 황손)나 간무헤이시(桓武平氏, 간무천황의 황손)와 유대를 가져온 자들이다. 5, 6대 이전의 선조들까지는 알 수 있을지 몰라도, 그 앞의 일에 대해서는 확실하게 알 수 없는 가문도 적지 않다. 어디서 굴러먹던 말 뼈다귀 취급을 받지 않으려면 얼렁뚱땅 가계도를 만들어 겐지나 헤이시 가운데 하나를 택해야 한다.

돈도 없고 권력도 없는 귀족들에게 내세울 거라고는 유서 깊은 혈통과 교양 정도뿐이다. 이들은 겨우 혈통 같은 것으로 은근히 무사들을 무시한다. 아시카가 쇼군은 겐지 쪽 귀족의 피를 이어받은 자로서 조정 쪽과 대항하고 있었으며, 다이묘들도 각각 겐지나 헤이시 중 어느 한쪽을 선조라고 주장하고 있었다.

여러 사람 앞에서 오우치의 가문에 대해 질문한 데는 다분히 악의적인 의도가 포함되어 있다고 보는 게 맞을 것이다. 시골 어정뱅이가 선조에 대해 알 리 만무하고, 답한다고 해도 뻔한 대답일 것임이 분명했기에, 모두들 비웃는 태도를 억지로 숨기며 요시히로의 답을 기다리고 있었다. 이 자리에 요시히로를 초대한 것도 시골 다이묘의 정체를 파헤치기 위한 공가들의 장난인지도 모른다. 요시히로는 이러한 분위기를 어렴풋이 파악했다.

"저의 선조는 백제의 왕족입니다."

요시히로는 큰소리로 답했다.

"오호, 백제의 자손인가."

모두 놀란 듯했다.

"오우치씨는 원래 백제의 시조인 고(高)씨 자손입니다. 미타지리의 다타라 해변에 상륙한 고씨가 정착해 만든 가문이지요. 그래서 다타라(多多良) 성을 쓰기도 합니다."

"호오……."

짧은 탄식이 나올 뿐, 더는 묻고자 하는 이가 없었다. 백제 왕족의 피를 이어받은 자라는 요시히로의 대답에 허를 찔린 것이다.

이 일화는 이후, 교토에 널리 알려져 오우치씨에 대한 귀족들의 시선이 달라지는 계기가 되었다. 이방인을 대하듯 기분 나쁜 눈초리로 보는 이가 있는가 하면, 존경의 뜻으로 보는 이도 있었다.

당시 일본인에게 있어서 조선왕국은 선진문화국가로 인식되고 있었다. 세간에 나돌고 있는 그림을 비롯하여 도자기 등은 귀족들 사이에서도 귀중한 문물로 다루어지고 있었던 것이다.

요시히로의 입에서 의외의 대답이 나온 셈이지만, 그렇다고 그가 생각 없이 답한 것만은 아니었다. 혈통에 대해서는 어릴 때부터 몇 번이나 들어 왔던 것이 사실이다. 요시히로는 고향으로 돌아간 뒤, 사실관계를 확인하기 위해 이 방면에 밝은 가신에게 자세한 혈통의 유래를 성문화하도록 명령했다.

오우치씨의 『다타라씨족보(多多良氏譜諜)』는 오우치 조상의 위패를 모시는 절 고유지(興隆寺)에 전해지는 것으로, 조선반도로부터 들어와 전승되어 왔다. 족보에는 다음과 같이 기록되어 있다.

스이코(推古) 천황 17년(609년), 스오국 쓰노군와시즈노쇼아오야기우라(都濃郡鷲頭庄青柳浦)에 북극성이 내려와 삼년 후 백제왕국 성명왕의 셋째 왕자인 임성태자가 일본으로 건너올 것을 알렸다.

예고대로 임성태자는 쇼토쿠타이시(聖德太子)에 대한 존경의 뜻을 담아 일본 스오국 다타라 해변에 도착했다. 상경하여 쇼토쿠타이시를 만나고 스오국의 땅과 다다라 성을 하사받았다. 이후 자손은 연면히 이어졌다.

백제 멸망 때 우호관계에 있던 일본은 원군을 반도에 보냈다. 백강전투에서 패한 일본군이 일본으로 돌아올 때, 이들은 망명한 백제 병사 약 이천 명과 함께 이동했다. 스오 일대에는 토착한 백제인이 많다는 사실도 확인되고 있다. 오우치씨의 선조는 이 망명 백제인이 아닌가 하고 추정하는 설이 있다.

다타라(지금의 야마구치 현 호후防府 시)를 발상지로 하는 오우치씨는 어느새 스오국의 재청관인이 되었고 이윽고 무사화되어 아시카가 다카우지의 무로마치 막부가 발족하자 북조세력에 가담하며 먼저 스오국의 슈고가 되었다. 인근의 나가토국 슈고인 고토씨를 멸망시키고 스오·나가토를 통일하여 양쪽의 슈고를 겸하기도 했다.

후세에 요시히로를 임성태자 25대손으로 기록한 가계도가 남겨졌다. 가계도가 복수로 존재하기에 확정할 수는 없으나 어찌됐든 오우치씨가 백제 왕족의 혈맥이라고 일관되게 주장한 것은 요시히로 때부터였다.

니죠오미야二條大宮 전투

메이토쿠 2년(1391년) 가을, 요시히로가 쇼군 요시미쓰의 권유로 상경한 뒤 약 2년이 지났을 즈음이다.

말 그대로 호의호식하는 생활이 이어지고 있었다. 세월은 참으로 빨리 지나갔다. 게다가 산죠 긴후사의 질녀 유키히메와 관계를 가지기 시작한 후의 1년은 마치 꿈같은 나날들이었다.

당시 요시히로는 36세, 유키는 24세였다. 처음에는 어쩐지 꼬임에 빠지는 것 같아 의심이 들기도 했다. 정사의 덫에 걸리는 줄 알면서도 배짱 좋게 한번 놀아 줄 셈이었지만 언제부턴가 진심으로 깊이 빠져든 것 같았다. 유키히메는 기품이 넘치고 세련된 아름다움을 가지고 있으면서도, 내면에는 격한 욕정을 감추고 있었다. 그런 모습이 요시히로를 사로잡았던 것이다.

열여섯에 처음 전장에 나간 이후, 지금까지 대부분의 세월을 전장에서 보낸 무장에게 쾌락이라는 것을 처음으로 가르쳐 준 여성이 바로 유키히메였다. 쾌활하고 총명해서 오우치의 여자로서 나무랄 데 없는 미쓰와는 전혀 다른 부분—남자를 유혹하는 마성과 같은 것—이 유키히메에게는 있었다.

사랑에 취해 정신을 잃은 요시히로는 마치 배불리 먹고 난 뒤 눈이 풀린 사람 같았다. 그러나 세상은 그리 평온하지 않았다. 도라지꽃이 흐드러지게 핀 하나노 고쇼에 조금은 피곤해진 발걸음으로 요시히로가 나타난 것은 10월이 끝날 무렵이었다. 요시미쓰의 갑작스런 부름 때문이었다.

"재미있게 잘 지낸다 들었소."

요시미쓰는 비아냥을 섞은 웃음을 보였다. 유키히메와의 관계를 익히 알고 있는 듯했다. 궁색한 대답을 찾고 있는 가운데, 요시미쓰가 어조를 바꾸어 말했다.

"오우치 도노가 교토에 데려온 부하는 몇이나 되는가."

"오십 명 정도입니다."

"적은 숫자로군."

나무라는 투로 중얼거리며 시선을 정원으로 옮겼다.

"전투가 있습니까?"

"아직 알 수는 없으나 소문이 사실이라면 교토가 공격당할지도 모르오."

요시미쓰의 시선은 아직 밝은 햇빛을 담은 정원 쪽에 머물러 있었다.

"상대는 누구입니까?"

"아직 모르고 있는가? 야마나다."

요시미쓰는 천천히 시선을 요시히로 쪽으로 옮겼다. 그리고 섬뜩할 정도로 엷은 웃음을 보이며 말했다.

"호소가와, 아카마쓰, 잇시키 등은 이미 은밀하게 준비를 하고 있소. 오우치도 막부를 위해 일할 생각이라면 적당한 방법을 강구해야 할 것이오."

"……."

"야마나는 이즈모(出雲)에서도 제멋대로 날뛰고 있지 않은가. 오우치의 이와미 영토도 마냥 방치해 둔다면 큰일이 일어날 것이오. 싸워야 한다면 바로 지금이오. 아시카가를 위해 싸운다고 생각해서는 아니 되오. 자신을 위해서요. 자신을……."

"야마구치에서 병사를 부를 시간적 여유는 있습니까?"

"있을 수도 있고, 없을 수도 있소."

요시미쓰는 고약하게 웃어 보이며 말했다. 이는 아직 충분히 시간이 있다는 의미일 것이다.

요시히로는 하나노 고쇼에서 나와 서둘러 집으로 돌아갔다. 히라이 미치스케는 오백 명의 군사를 이끌고 당장 상경할 것, 이라는 요시히로의 명을 전하기 위해 급사가 파견되었다.

'천 명, 아니 이천 명?' 하고 생각해 보았지만, 한층 적은 수인 오백 명으로 결정한 데에는 나름의 이유가 있었다. 대군을 파견하면 자연히 오우치가 주 전력으로 나서야 할 것이다. 서국 세력의 전투를 구경거리로 만들어서는 안 된다. 오히려 쇼군 휘하에서 여러 무장들이 분전하는 모습을 구경하고 싶었다. 하지만 전쟁이라는 소리를 듣자마자 요시히로의 야성은 완전히 되살아났다.

'그건 그렇고, 이런 괘씸한 효에 녀석!'

요시히로는 생각했다. 호소가와가 전투 태세를 갖추고 있다면 그의 가신인 효에가 이 사정을 모를 리 없다. 모를 리 없을 뿐만 아니라 중책을 맡아 동분서주하고 있을 것이다. 자신이 직접 올 수 없다면 누군가를 시켜서라도 사태를 알려줄 수 있는 법. 산쵸가의 처치 곤란한 여자를 요시히로에게 넘기는 데 나선 이후, 그것으로 모든 일이 끝났다고 생각했다면 참으로 무성의한 사람이다. 지금에 와서야 비로소 화가 치밀어 올랐다.

'하지만 유키히메와 가까워지게 만들어 준 것은 고마운 일이다.'

효에에게 감사 인사를 할 마음도 있기는 했다. 야마구치로 사자를 보낸 뒤, 요시히로는 한동안 불안하게 지냈다. 요시히로의 마음을 읽었는지 느닷없이 효에가 찾아왔다.

"왜 알려 주지 않았는가?"

"모처럼의 재미를 방해하는 건 도리가 아니라고 생각해서……."

이렇게 말하며 효에는 웃었지만 밋밋하고 흰 얼굴이 검게 그을린 걸 보니 분주하게 뛰어다닌 모양이다.

"전쟁은 아직 좀 더 있어야 합니다."

그런 태평한 소리마저 했다.

"야마나와 쇼군의 사이는 매우 험악하구나."

"그건 쇼군께서 일부러 그런 사이로 만들려고 꾸몄기 때문이지요. 좌우간 육분일중(六分一衆, 전국 66개 나라 가운데 11개 나라의 슈고직을 가지고 있어 6분의 1 도노六分の一殿라 불렸다)이 지나치게 강대해져서 눈엣가시가 된 것으로, 이는 도키의 경우와 마찬가지……, 이렇게 말씀드리면 모두 아시겠지요?"

"도키를 처리한 다음에는 야마나를 목표로 할 거라고 미리 정해 둔 게로군."

"오우치 도노도 너무 강해져서는 안 됩니다."

"시골 슈고가 아무리 노력한들 한계가 있지. 그럴 리 없으니 안심하시게."

"그런 편이 좋습니다."

당시 산인(山陰)의 강호 야마나씨는 단바(丹波), 단고(丹後), 이나바(因幡), 호키(伯耆), 이즈모, 오키(隱岐)와 더불어 빈고(備後), 미마사카(美作)와 산요(山陽)에도 세력을 넓혀 다지마(但馬), 이즈미(和泉), 기이(紀伊)를 손에 넣어 산인, 산요 양 지역에 11개 나라의 슈고직을 거머쥐고 있었다. 전국 66개 나라 가운데 6분의 1에 해당하는 나라를 지휘하고 있었기 때문에 육분일중이라 불렸으며, 막부를 위협할 정도로 그 세력을 자랑하고 있었다. 요시미쓰는 일찍부터 야마나씨의 세력을 와해시킬 계략을 품고 있었던 것이다.

요시히로가 상경한 직후인 고오 원년(1389년) 5월, 종가 야마나 도키요시(山名時義)가 사망했다. 야마나씨에 대한 요시미쓰의 노골적인 공격은 이때부터 시작되었다.

메이도쿠 2년(1391년)이 되자 요시미쓰는 먼저 폐위한 천황 소유의 이즈모국 요코타쇼(横田庄)를 압령한 죄로 야마나 미쓰유키(山名滿幸)를 교토에서 추방하였다. 한편, 같은 야마나 일족인 도키히로(時熙) · 우지유키(氏幸)의 죄는 사면해 주었다. 이 두 사람은 도키요시의 아들이다. 도키요시가 생전에 쇼군을 소홀하게 대했다는 이유로, 도키요시와 사이가 나쁘던 우지키요(氏淸)와 미쓰유키에게 두 아들을 죽이라고 명령했던 것이다.

손바닥을 뒤집듯이 이번에는 도키히로와 우지유키를 자신의 편으로 끌어들이고 미쓰유키를 추방하는 형국이 되었다. 이는 일족의 분열을 목표로 한 것이었다. 요시미쓰의 생각대로 야마나 일족은 이해관계에 따라 여러 갈래로 분열하고 대립했다. 쇼군 요시미쓰의 음흉한 책략을 미쓰유키는 꿰뚫어보고 있었다. 그래서 우지키요에게 충고했다.

"쇼군은 야마나 일족을 멸망시킬 작정이오. 우리는 단결하여 병사를 이끌고 교토를 공격해야 하오."

육분일중이 단결을 다진다면 쇼군은 위험에 처할지도 모른다.

그러나 야마나 일족의 단결은 쉽지 않았다. 오히려 우지키요 등을 배반하고 쇼군 편에 서려는 사람까지 생겨났다. 결국 우지키요, 미쓰유키 두 사람은 막부에 반기를 들었다.

"이 부자(父子)는 정말로 교토를 공격해 올까?"

요시히로는 아무래도 믿을 수 없다는 표정을 지었다. 쇼군 아래 여러 무장들이 한데 모여 있는 교토를 공격하는 것은 승산이 없는 일인데 어찌 전쟁을 벌일 수 있단 말인가?

"어차피 막부로부터 공격당해 멸망하고 말 것이라면, 먼저 싸움을 벌이고 전사하는 것이 무사의 본분 아니겠습니까?"

효에가 명쾌하게 말했다.

"본분이라……."

요시히로는 아직 충분히 납득할 수가 없었다.

"우지키요는 이즈미로부터, 미쓰유키는 단바로부터 병사를 이끌고 교토로 올라온다고 합니다만, 아직 좀 더 있어야겠지요."

"야마나의 세력은 어느 정도인가?"

"그것은 알 수 없습니다. 도키의 잔당도 포함하여 야마나 측에 예상 외의 인원이 모인다면 막부도 안심할 수만은 없습니다. 지금이라도 화해를 하는 것이 좋다고 쇼군을 설득하는 자도 있다고 합니다."

쇼군도 우지키요 세력을 결코 얕보고 있지는 않았다. 그러나 어찌됐든 요시미쓰는 야마나와 전쟁을 피할 수 없는 이상,

그들이 교토를 공격해 온다면 응수해 주겠다고 각오를 다지고 있었다.

"우리의 운과 야마나의 운, 모두 하늘에 맡겨야 할 것."

화해를 주장하는 자에게 요시미쓰는 이렇게 답했다.

"그렇다고는 하지만 쇼군이 패할 일은 없을 것입니다. 오우치 도노도 야마나와 싸우는 진영에 참가하시는지요?"

"쇼군으로부터 오늘 이야기를 들었다. 교토를 지키는 것은 당연한 일이기에 병사를 불렀지."

"군사를 얼마나 불렀습니까?"

"오백 명."

"오백 명?"

"많다는 뜻인가?"

"그 반대입니다."

"예전에 이마가와 도노로부터 규슈 출병을 부탁받았을 때, 우리 오우치가에서는 사천 명의 병사가 참가했지. 지금도 그 정도의 군사는 움직일 수 있으나 규슈라면 병사를 자국으로 금방 되돌릴 수 있지만 교토는 그렇지 않다. 병사들의 공백을 틈타 공격당한다면 어떻게 되겠는가? 오우치는 영토를 잃게 되고 말 것이다. 교토에 오백 명의 군사를 보내는 것은 규슈에 사천 명을 보내는 것에 필적하는 일이다. 게다가 이 오백 명은 특별히 날래고 용맹한 자들로만 구성되어 있어."

"역시, 그러했군요."

"그리고 효에. 교토를 지키고 있는 것은 자네가 모시고 있는 호소가와 도노를 비롯하여 잇시키, 아카마쓰, 롯카쿠(六角), 하타케야마(畠山), 시바(斯波), 교고쿠(京極) 등 쟁쟁한 분들이 아닌가. 시골에서 막 올라온 오우치가 삼천, 사천이나 병사를 데리고 와서 여봐란 듯이 나대는 것도 볼썽사납지 않겠나. 자네가 말한 것처럼 처음부터 이길 걸 알고 시작하는 싸움이라면, 운을 하늘의 뜻에 맡긴다거나 자신이 없다고 말하는 것 역시 쇼군의 책략 아니겠는가. 야마나가 교토를 공격해 오도록 덫을 놓고 있다고밖에 생각되지 않네."

"……."

"호소가와 도노가 오우치의 상황에 대해 묻거든 지금과 같이 대답하도록 하게."

"알겠습니다."

유키히메에게 마음을 빼앗긴 요시히로가 갑작스럽고 긴박한 상황을 맞아 당황하고 있지는 않을까 내심 비웃고 있던 효에는 몸을 움츠리며 고개를 끄덕이고는 도망치듯 집으로 돌아갔다. 효에가 호소가와의 명령을 받아 오우치의 상황을 살피러 온 것을 요시히로는 이미 눈치채고 있었다. 그것은 호소가와만이 아닐 것이다. 쇼군을 비롯하여 여러 무장들의 시선이 오우치씨에게 쏠려 있었다.

히라이 미치스케가 이끄는 병사 오백 명이 교토에 도착한 것은 메이토쿠 2년(1391년)이 저물어가던 12월 초순이었다.

"어서 오거라."

요시히로는 미치스케의 손을 잡으며 맞아들였다. 그리고는 심상치 않은 교토의 상황에 대해 설명했다.

"전쟁도 3년 만에 하게 되었습니다. 몸도 무뎌지고 말았지만, 이번엔 제대로 한번 해 보겠습니다."

"우리의 실력을 교토 사람들에게 보여 주자."

"주군의 용맹함을 쇼군께 보여 드릴 수 있는 좋은 기회입니다."

"쇼군께서 나를 교토로 부른 것은 이 일 때문인지도 모른다."

"일찍부터 야마나는 밉보이고 있었던 것입니까?"

"그렇다고 볼 수 있지."

"그런데 참으로 무서운 분이십니다……."

미치스케는 미간을 찌푸렸다. 이마의 주름이 이전보다 많아진 것 같았다. 그러나 오랜 세월 전장에서 다져진 강인한 몸은 조금도 빈틈이 없었다. 요시히로는 미치스케를 믿음직스럽게 바라보면서 말했다.

"전쟁은 좀 더 기다려야 할 것이야. 병사들을 충분히 쉬게 하도록. 자네도 좀 쉬는 게 좋겠다."

"그런데……."

웃음을 보이며 미치스케가 화제를 바꾸었다.

"미쓰히메 님께서 아주 쓸쓸해하십니다. 이미 삼 년이나 야마구치를 비우고 계십니다. 교토에 머무시는 게 그렇게 편하신가, 하고 저희들끼리도 이야기하고 있습니다."

"편하다기보다는……, 쇼군께서 보내 주시지 않아서이다."

요시히로는 아무렇지도 않게 대답할 셈이었지만 당황한 기색을 감출 수는 없었다.

"알고 있습니다."

미치스케는 호탕하게 웃어 보였다.

"전쟁이 끝나면 야마구치에 한번 가야겠구나."

요시히로는 이렇게 말하면서 문득 생각난 듯이 덧붙였다.

"이 몸이 무사하다면 말이다."

처음부터 목숨 걸고 야마나씨와 싸울 각오는 하지 않았다. 오우치의 실력을 교토 사람들에게 보여 주자고 미치스케에게 말했지만, 마음속으로는 '쇼군의 측근이라며 거만하게 굴고 시골 출신인 나에게는 눈길 한 번 주지 않는 호소가와, 잇시키와 같은 자들이야말로 목숨 걸고 싸워야만 한다. 얼마나 잘 싸우는지 구경이나 해 보자.' 하며 묘하게 비뚤어진 생각을 하고 있었다. 그렇지만 일단 전쟁이 시작되면 흥분하여 사지로 돌진할 자신의 성격을 알고 있었다.

'그때는 그렇게 하면 되는 것이고.'

오우치씨의 존재감을 알려 소기의 목적을 이루고자 하는 계산이 없는 것도 아니었다. 그러나 요시히로는 막부가 야마나씨를 토벌하는 데 별다른 관심이 없었고 그다지 깊이 관여하지 않는 태도를 취했다. 그런 자신을 돌아보며 여자 때문에 목숨이 아까워진 것인가, 하고 쓴웃음을 짓기도 했지만 결코 그런 것만은 아니었다.

유력한 슈고를 겨냥하여 제멋대로 공격하는 쇼군의 방식을 내심 혐오하며 그다지 내키지 않는 태도를 보이는 것은 요시히로뿐만이 아니었다. 싸움이 시작되면 각자의 생각은 전장에서 나타나게 되어 있다.

야마구치에서 병사들이 도착한 이후, 요시히로는 자연스레 바빠졌다. 유키히메에게 갈 수 있는 형편도 안 되었지만, 유키히메로부터도 아무런 연락이 없었다.

한겨울이다. 뼛속까지 시리도록 추운 교토에서 전쟁의 기운을 감지한 사람들은 불안한 듯 굳게 문을 잠그고 숨죽이며 살았다. 가재도구를 꾸리는 사람들의 모습도 보이기 시작했다.

"10월 15일 오시(낮 12시경)에 지진이 있었습니다." 하고 히라이 미치스케가 요시히로를 찾아왔다. 요시미쓰에게 불려가 출병을 요청받은 것은 10월 말이다. 그러고 보니 그 열흘 정도 전에 그런 일이 있었던 게 떠올랐다.

'유키히메가 비명을 지르며 매달렸었지.'

웃음이 배어 나오는 것을 참으며 "분명 땅이 흔들리는 일이 있었다." 하고 말했다.

"온묘노가미(陰陽頭, 음양도를 관장하던 관아의 장관)가 천황께 급히 달려가 75일 안에 군대가 어지러워질 거라고 말씀드렸다 합니다."

"정말인가?"

"마을에는 온통 그런 소문이 파다합니다."

미치스케는 부하들을 마을로 보내 지형을 살피게 하고 동정을 알아보도록 지시했다고 하며 지도를 펼쳤다.

"야마나가 쳐들어온다면 쇼군께선 어디에 진을 칠 계획이실까요?"

"아직 모르겠다."

"군사회의는 아직입니까?"

"쇼군께선 아무런 말씀이 없으시다."

"태평하시군요. 온묘노가미의 말에 따르면 섣달 그믐날 전쟁이 시작된다고 하는데 아직 군사회의도 하지 않으시다니 참으로 놀랄 일입니다."

"자네는 온묘노가미의 말을 믿는가?"

"믿든 안 믿든 그날을 염두에 두고 준비를 해 둔다면 좋지 않겠습니까?"

"온묘노가미의 말은 쇼군께도 전해졌을 것이다."

"물론이지요. 싸움은 하루 만에 끝이 날 것입니다. 고생은 하겠지만 결국에는 길사(吉事)로 끝난다고 합니다."

"흠."

고개를 끄덕이기는 했지만 요시히로는 이러한 예언을 그다지 믿지 않았다. 그러나 결과가 길사로 끝난다는 소리를 들으니 왠지 기분이 밝아지는 듯했다.

쇼군이 군사회의를 연 것은 12월 25일 밤이었다. 요청에 응한 여러 무장들이 모두 모일 때까지 기다렸던 것이다. 호소가와 일족인 쓰네히사(常久), 요리모토, 미쓰하루(滿春)를 비롯하여 잇시키, 아카마쓰, 가데노고우지(勘解由小路), 롯카쿠, 하타케야마, 시바, 교코쿠, 오우치 등이 참석했다. 조금 뒤늦게 이마가와씨가 보낸 야스노리(泰範)와 나카아키가 합세하였다. 료슌은 규슈 단다이라서 부르지 않은 것 같았다.

나카아키는 요시히로의 장인이기도 하다. 군사회의에서 옆자리에 앉았지만 자리가 자리인 만큼 간단한 인사만 건넸다. 규슈에서 남조 세력을 상대로 싸우면서 나카아키와는 이러한 군사회의를 몇 번 함께한 적이 있었다.

"야마나가 교토로 진입할 때를 대비해야 하는데, 생각이 있는 자는 주저하지 말고 이야기해 주게."

요시미쓰가 말했지만 모두 아무런 말이 없었다. 지목을 당한 호소가와 요리모토는 "가와하라 입구에 진을 치고 쳐들어오는 적을 공격하면 어떻겠습니까?" 하고 안을 냈다. 마을을 전쟁터로 만들지 않으려는 배려가 숨어 있었다. 불리하다며 부정적으로 말하는 이가 많았다. 히가시야마(東山)나 에이잔(叡山) 중턱에 포진하는 것은 어떤가 하고 제안하는 이도 있었다.

그 가운데 야마나와 협상하여 가능하면 전쟁을 피하는 것은 어떤가, 하는 이야기를 넌지시 꺼내는 사람도 있었다. 군사회의 치고는 아주 미적지근했다.

"야마나를 상대로 싸우려는 자는 교토에 한 사람도 없을 거라고 야마나 미쓰유키가 호언장담하고 있다. 역시 미쓰유키의 말이 맞는 것인가. 원통하다."

쇼군의 이런 발언으로 군사회의는 겨우 다시 진행되었다. 잇시키 아키노리의 제안으로 우치노(内野)를 중심으로 진을 치기로 했다. 적은 히가시야마, 에이잔 주변에 포진할 거라 예상하겠지만, 그렇기 때문에 일부러라도 적을 우치노에서 기다렸다가 맞기로 했다.

야마나 군사들과 맞서 싸울 막부군이 설정한 전장은 가모가와(鴨川)와 그 지류에 해당하는 가쓰라가와(桂川)가 형성한 삼각주 지대로, 다이몬지야마(大文字山)에서 내려다보이는 곳이다. 헤이안쿄 황거가 있었던 자리이기도 하다. 군사회의를 한 다음 날인 26일, 여러 무장들은 둥글게 원을 그리듯 우치노에 포진했다.

도지(東寺)에는 이마가와, 아카마쓰, 사사키 등 팔백 명의 병사가 들어가 서쪽 문을 굳게 지키며 무기창고를 만들었다.

하타케야마 모토쿠니(畠山基國)는 팔백 명의 군사를 이끌고 신기칸(神祇宮, 궁중의 제례를 관장하고 지방의 신사를 통할한 중앙 관청) 숲 북쪽, 정원의 푸조나무를 남쪽으로 올려다보는 츠치미카도(土御門, 헤이안쿄 황거 상동문, 상서문의 다른 말) 가까이에 진을 쳤다. 오우치 요시히로는 그 신기칸 숲 남쪽에 해당하는 니죠오미야(二條大宮)에 오백 명의 군사를 데리고 포진했다.

가데노고우지 요시시게(勘解由小路義重)는 오백 명의 군사와 함께 아부라노고지(油小路)를, 사사키 다카노리(佐々木高詮)의 칠백 명 군사는 이치죠오지(一條大路)를 지켰다.

쇼군은 일단 잇시키의 저택 호리가와(堀川) 숙소에 머물렀다. 이곳은 삼천 명의 병사가 호위했다.

니죠오미야에 포진한 요시히로는 갈색의 명주실로 짠 갑옷과 함께 목가리개가 5겹인 투구로 무장하고 있었다. 그리고 2척 8촌의 검은 허리에 차고, 3척 1촌의 언월도는 오른손에 쥐고 있었다. 열여섯에 처음으로 규슈의 전장을 누빈 이후 여러 전쟁을 통해 쌓은 경험이 서른여섯 지금의 요시히로를 만들었다. 명장이라는 말이 실로 잘 어울리는 관록이 쌓인 것이다.

요시히로 옆에는 지혜와 용기를 두루 갖춘 오우치가의 노신 히라이 미치스케가 구식 갑옷과 투구로 무장하고 사나운 자세로 그림자처럼 따라다녔다. 미치스케의 호위를 받으며 긴장한 얼굴로 대기하고 있는 자는 바로 요시히로의 둘째 동생 히로마사였다. 그는 규슈에서 전투를 경험한 바 있지만, 형인 요시히로보다 몸도 작고 성격도 온순했다. 요시히로는 이러한 히로마사를 애지중지했고 교토에도 데리고 왔다. 설마 이와 같은 전쟁이 교토에서 벌어지리라고는 생각지도 못했다.

"히로마사를 잘 지켜 주게."

그는 동생 히로마사를 미치스케에게 부탁하고 동생도 출진시켰다.

야마나 병사들의 습격은 온묘노가미의 예언대로 12월 30일에 시작되었다. 그 전날, 야마나 우지키요는 이천삼백 명의 병사를 이끌고 요도(淀)의 신사 앞에 놓인 우키하시(浮橋) 다리를 건너고 니시오카(西岡)를 거쳐 시모가쓰라(下桂)에 도착해 있었다. 이곳에서 도도인을 산죠(三條) 근처까지 진입하여 오미야를 공격할 생각이었던 것이다.

야마나씨는 요도에서 도바(鳥羽)의 산을 넘어 다케다(竹田)를 올라 가와라(河原)에 진입했다. 우치노에서 전쟁을 시작함과 동시에 니죠오지를 압박하여 배후에서 오미야를 칠 작전이었다.

야마나 미쓰유키는 칠천 명의 병사를 이끌고 29일 저녁 우메즈(梅津)의 가미세(上瀨)를 넘어 서쪽 입구에서 니죠마쓰(二條末)로 밀려 왔다. 그리고 도도인 주변에 연기가 피어오르는 것을 보고

는 곧장 우치노를 공격하기 시작했다

또한 야마나 가즈사노스케(山名上総介)는 용장으로 알려진 고바야시 슈리노스케(小林修理亮)의 병사 칠백 명과 함께 가미가쓰라(上桂)에 도착하여 욘죠나와테(四條縄手) 동쪽의 오미야를 공격할 계획이었다.

이렇게 살펴보면 야마나군의 공격 목표는 오미야로 좁혀져 있는 것을 파악할 수 있다. 오미야에 포진해 있는 오우치 요시히로는 차례로 돌진해 오는 야마나 군사들과 맞서야만 하는 상황에 놓인 것이다. 쇼군 측근들이 싸우는 모습을 구경하고 있을 여유는 없었다. 자신도 모르는 사이에 가장 불리한 장소를 맡게 된 것이다.

지난밤부터 내리던 비도 그쳐 교토는 안개로 뒤덮여 있었다. 길게 펼쳐진 안개 사이로 희미한 불빛이 비치기 시작할 무렵, 야마나군의 공격이 개시되었다.

고바야시 슈리노스케의 지휘하에 선두에 선 병사 이백 명이 니죠오미야까지 올라온 것은 묘시(오전 6시)였다. 방패를 세우고 대기하던 오우치 병사 삼백 명은 그것을 보고 일제히 활을 쏘기 시작했다. 이제 니죠오미야에는 격전의 막이 올랐다.

잇시키의 저택 호리가와 숙소에 머물고 있던 쇼군은 야마나의 공격이 시작되자 이곳에 진을 두는 것은 불리하다고 판단하고는 곧장 나카미카도오미야(中御門大宮)로 이동했다. 야마나 군사는 오우치 요시히로가 지키는 니죠오미야를 치고 난 뒤 쇼군의 본진을 공격할 생각이었다.

"어차피 상대가 안 되는 싸움이다. 적어도 쇼군 근처까지 공격하여 베개를 나란히 하고 죽자."

야마나 요시가즈(山名義數)는 부하들이 각오를 새기도록 이와 같이 이야기하며 죽을 각오로 진격할 것을 명령했다.

"모두들 뭣하고 있느냐! 죽을 각오로 전진하라!"

야마나의 맹장 고바야시 슈리노스케는 병사들을 질타하면서 공격을 늦추지 않았다. 방패 뒤에 숨어 있던 오우치의 병사들은 일제히 화살을 퍼부었다. 야마나의 병사들은 쓰러지고 또 쓰러졌지만 아군의 시체를 넘으며 끊임없이 밀고 들어왔다.

격렬한 싸움이 시작되었다.

후진에 있던 요시히로는 큰소리로 명령했다.

"잘 들어라. 중간이 무너져서는 안 된다. 적이 말을 타고 가까이 오면 말을 죽여서 병사를 낙마시켜라. 그 다음 죽이면 된다. 만약 적이 말에서 내려 공격한다면 몸을 숙이고 서로 맞붙어 승부를 가리도록 해라. 적이 도망치면 뒤쫓을 필요는 없지만 공격해 온다면 한 발도 물러서서는 안 된다."

니죠오미야 노상에 엄청난 수의 적군과 아군의 시체가 널브러졌다. 야마나의 선진은 요시히로가 있는 지점까지 압박해 왔다. 선두에 섰던 야마나의 병사들은 이미 말을 버리고 도보로 공격해 오고 있었다. 맹렬한 기세였다.

양쪽 병사 모두 한 발도 물러서지 않겠다는 각오로 임하고 있다. 이미 백 명 이상이 목숨을 잃었지만 피투성이가 된 사체를 밟고 넘는 난전이 이어졌다.

야마나 요시가즈, 고바야시 슈리노스케는 선두에 서서 공격을 마구 퍼붓고 있다. 오우치의 많은 병사들이 슈리노스케가 휘두르는 검에 희생양이 되었다.

"이곳을 뚫고 나가 쇼군이 있는 곳을 공격하자."

요시가즈가 외쳤다.

"지당한 말씀입니다."

슈리노스케는 이렇게 답하고 더욱 거세게 날뛰었다. 눈 깜짝할 사이에 오우치 병사 수 명의 몸이 동강 나고 어깨가 잘렸으며 피를 뿜고 쓰러졌다.

"오우치사쿄곤노다이후 요시히로(大内左京權大夫義弘)가 나간다!"

요시히로는 좌우의 적에게 칼을 마구 휘두르며 자신도 모르는 사이에 슈리노스케에게 달려들었다.

"내게 맡겨라."

그는 히라이 미치스케가 제지하는 걸 뿌리치며 돌진하였다.

"고바야시 슈리노스케, 내가 상대해 주겠다."

당시 슈리노스케는 언월도를 휘두르고 있었지만 요시히로는 그가 장도를 가지고 있다고 착각했다. 슈리노스케는 언월도의 칼자루를 뒤로 숨기고 칼날을 가까이 쥐어 장도처럼 보이도록 속임수를 쓴 것이다. 적이 그 사실을 모르고 앞으로 달려들면 칼자루를 내지르며 죽이는 전법이었다. 오랜 전장 경험으로 만들어진 슈리노스케의 기술에 말려들어 요시히로는 제대로 대응하지 못했다.

그러나 요시히로도 그저 공격을 당하고만 있진 않았다. 신음소리를 내면서도 내려오는 슈리노스케의 칼 히루마키(蛭巻, 창·칼의 자루 또는 칼집 등을 등이나 은판으로 사이를 띄어 감은 것) 근처를 겨우 막아 냈다. 그러나 중심을 잃고 비틀거리며 뒷걸음치고 말았다. 이런 그에게 슈리노스케의 칼이 날카롭게 파고들어 왔다. 이번에는 잘 막아 내지 못했다. 그리 깊은 것은 아니었지만 오른쪽 팔을 찔리고 말았다. 어쩔 도리 없이 무릎을 구부리며 상대의 몸을 향해 칼을 휘두르려 했지만, 뒤쪽으로 물러서다 오른쪽 어깨에 또 공격을 당하고 말았다. 그러나 요시히로는 겁먹지 않고 다시 칼을 잡고는 아래에서 슈리노스케의 투구 안쪽으로 칼을 찔러 넣었다. 그 공격을 막으려고 슈리노스케가 고개를 젖혀 올린 것이 치명적인 실수가 되었다.

슈리노스케가 턱을 뒤로 젖히는 순간, 요시히로는 재빨리 언월도를 다시 잡고 혼신의 힘을 다해 아래를 공격했다. 그때 슈리노스케는 양쪽 발을 벌리고 서 있었다. 요시히로가 휘두르는

3척 1촌의 언월도 칼날이 슈리노스케의 오른쪽 다리를 베었다. 요시히로는 남아 있는 기운을 다해 슈리노스케를 땅에 처박아 넣을 정도의 무서운 힘으로 응수했다.

"으옷!"

악을 쓰며 한쪽 다리를 잃은 슈리노스케는 그 자리에서 쓰러졌다. 그러나 슈리노스케 또한 대단히 용맹스러웠다. 쓰러지면서 언월도를 버리고는 긴 칼을 뽑아내 누운 채로 공격을 가하기 시작했다.

두 사람은 서로 두세 차례 칼을 주고받았지만 슈리노스케는 점차 힘을 잃어 가고 있었다. 자결할 기력조차 없어 보이기에, 옆에 있던 젊은 무사 한 명에게 명령했다.

"죽여 버려라."

그 말을 기다리고 있었다는 듯이 한 무사가 달려와 말에 탄 채로 슈리노스케의 숨통을 끊으려 공격하는 순간, 검을 버린 슈리노스케는 그 자리에서 단검을 뽑아 젊은 무사의 갑옷 아래를 잡아 끌어 마지막 공격을 하다 숨을 거두었다.

'대단하다.'

감탄할 겨를도 없이 예닐곱의 무사들이 요시히로를 에워쌌다. "슈리노스케의 아들, 사부로!" 하고 부르짖으며 공격해 온다.

모두 만만치 않은 상대들이다. 사방에서 휘둘러 대는 칼에 요시히로는 어깨와 옆구리 등에 부상을 입었다. 그는 공격을 막아

내는 데 급급했다. 이런 요시히로를 보호하기 위해 히라이 미치스케가 스기 분고노가미(杉豊後守) 등의 병사와 함께 중간을 파고들었다. 필사적으로 공격하는 적들을 막아 내기 위해 많은 시간을 낭비한 요시히로였다. 만약 미치스케가 병사를 데리고 오지 않았더라면 요시히로는 그 자리에서 절명했을지도 모른다.

오우치 병사들이 슈리노스케와 그의 아들 사부로 일당과 싸우고 있는 틈을 타, 야마나 가즈사노스케는 열다섯 명의 부하와 함께 말을 타고 니죠오미야를 빠져나갔다. 이들을 도미나가 치쿠고노가미(富永筑後守)가 쫓는다.

가즈사노스케는 츠치미카도(土御門) 본진 가까이까지 다가갔다. 오래된 토담을 넘으면 난입할 수 있을 지점까지 다다랐을 때, 치쿠고노가미가 이끄는 오우치 군사 백여 명이 그들을 따라잡았다. 가즈사노스케 일당은 단번에 토담을 넘으려고 했지만 서리가 녹아 낙엽이 축축해진 길에 말발굽이 미끄러져 낙마하고 말았다. 이런 병사들에게 오우치군은 가차 없는 공격을 퍼부었다.

대장 가즈사노스케뿐만 아니라 믿고 의지하던 슈리노스케마저 잃은 야마나 병사들은 낙담하여 일단 물러섰고, 이로써 니죠오미야 전투는 일단락되었다.

오우치군은 위험천만한 순간을 사수한 셈이었다. 그러나 물러난 야마나의 군사는 아직 근처에서 대기하고 있다. 언젠가 태세를 갖추어 공격할 게 틀림없다. 죽을 각오로 임하던 야마나 병사들의 기세는 예상보다 강했다. 이미 오우치 군사 오백 명 가운데 칠십 명을 잃었다. 이대로 두세 번 공격당한다면 무사히 막아 낼 수 있을지 예측하기 어려웠다.

쇼군의 측근에는 삼천 명의 군사가 대기하고 있었다. 츠치미카도와 가까운 니죠오미야에서 오우치 병사들이 분투하고 있음에도 불구하고 쇼군은 지원군을 보내주지 않았다.

'우리들만 싸우게 할 셈인가.'

요시히로는 분노가 치밀어 올랐다.

"여기서 대기하라."

히라이 미치스케에게 명령을 남기고 요시히로는 혼자서 츠치미카도 본진을 향해 말을 달렸다.

츠치미카도 본진 입구에서 말에서 내린 요시히로는 쇼군이 있는 막사로 들어갔다. 병사 삼천 명의 호위를 받으며 쇼군 요시미쓰는 여유롭게 의자에 앉아 있었다. 이날 요시미쓰는 고소데(小袖, 헤이안 시대 예복에 받쳐 입었던 속옷)를 입지 않고 약식의 가죽 갑옷만을 입고 있었다.

"고소데는 조정의 부름으로 적을 퇴치하러 나갈 때나 필요한 것이다. 야마나와 같은 종을 진압하는 데 그 같은 옷차림은 필요 없다."고 답했다. 그래도 쇼군은 검은 가죽 끈으로 엮은 갑옷에 다섯 겹의 목가리개 투구로 무장한 채 가보인 검을 차고 있었다. 별도의 장도까지 준비해 두었다. 비장(祕藏)해 둔 말에는 황금색의 안장을 얹어 두는 등 화려한 모양을 갖추고 있었다.

그러한 쇼군 앞에 요시히로가 숨을 헐떡거리며 나타났다. 그는 슈리노스케에게 찔린 오른쪽 어깨 상처 두 곳 외에도 여러 곳의 상처로 피범벅이 되어 있었다. 갑옷의 소매도 투구의 목가리개도 찢겨 너덜너덜한 모습이었지만 오싹한 분위기가 느껴졌다. 쇼군 옆에 서 있는 기마 무사 잇시키 아키노리, 이마가와 나카아키를 비롯하여 여러 장수가 미간을 찌푸리며 지켜보는 가운데 요시히로는 큰소리로 외쳤다.

"하마터면 오미야 전투로 인하여 쇼군께 큰 폐를 끼칠 뻔했습니다. 야마나의 군사도 필사적이어서 만만치 않았습니다. 요시히로도 죽을 각오로 임하지 않으면 안 되겠다 생각하여 목숨을 내놓고 싸웠습니다. 그리하여 적군 이백여 명을 죽이기는 했으나 우리 군사도 칠십 명 정도 잃었습니다. 이번 싸움에서는 이겼지만 야마나 우지키요의 새 병력이 오미야를 향해 돌진해 오고 있습니다. 이 사실을 알고 계신지요? 그 병력이 수만일지도 모르는 일……."

쇼군의 얼굴이 흐려졌다. 여러 무장들의 표정에도 얼마간의 곤혹스러움이 드러났다. 이 정도로 전쟁이 펼쳐질지 전혀 예상치 못했던 것이다.

"요시히로와 군사들은 이미 지쳐 있어 앞으로 쳐들어 올 대군을 상대하기 어렵습니다. 여기 계신 여러분들은 왜 싸우려 하지 않으십니까? 쇼군 옆을 지키는 것도 중요하지만 쳐들어오는 적과 맞서 싸워야만 전쟁을 승리로 이끌 수 있습니다. 여기에서 요시히로가 죽는다면 누군가 저처럼 목숨을 걸고 싸워야 할 것입니다. 그렇지 않으면 장차 큰일이 일어날 것입니다. 급히 지원 병사를 보내 주시기를……"

요시미쓰는 놀란 얼굴로 요시히로를 바라보고 있었지만 무장들은 노골적으로 얼굴을 찌푸렸다. 그들을 더욱 불쾌하게 만든 것은 다음과 같은 요시히로의 말 때문이었다.

"……쇼군께서는 저와 같은 용맹한 무사를 가지고 계시지 않다고 생각합니다."

분노의 눈으로 요시히로는 쇼군을 노려보았다.

다소 날카로운 어조로 원군을 요청할 셈이었지만 말을 하는 가운데 여러 무장들의 표정을 보고는 부아가 치밀어 올랐다. 그들의 얼굴에는 선반에 진열된 인형 같은 웃음이 묻어 있었다. 아마 시골 다이묘 혼자서 흥분하고 있군, 하고 생각했을 것이다. 요시히로는 화가 나서 마음껏 지껄이다가 이런 말을 내뱉은 것이었다.

"요시히로와 같은 무장을……."

요시히로는 자신의 말에 취해 있었던 것이다. 그것은 전장에서 막 피를 흘리고 온 자만이 입에 담을 수 있는 의기양양한 자화자찬인지도 몰랐다. 그러한 요시히로의 말을 공명심만 앞세우려는 것으로 이해한 일동은 "궁과 말에 관계하는 자, 누가 직면한 대사에 목숨을 아까워하겠소. 새삼스러운 말씀이시오." 하고 투덜투덜 불평하며 어수선하게 일어섰다. 이제야 전의를 자극받은 것 같았다. 일어서 나가려는 요시히로를 쇼군이 날카롭게 불러 세웠다.

"그대의 충의를 비견할 데 없구나. 이번 전쟁은 그대만 믿고 있겠다."

요시히로를 가까이 부른 쇼군은 요시히로에게 몸소 칼 한 자루를 하사했다.

어쩌면 요시미쓰는 이 날을 위해 요시히로를 교토로 데리고 온 것인지도 몰랐다. 그 기대에 요시히로는 훌륭하게 보답했다. 그러나 아직 전쟁은 끝나지 않았다. 요시히로는 적의 칼을 받으면서도 아슬아슬한 고비를 넘겼다. 그러나 이후, 소중해 마지않던 동생 히로마사는 전사하게 된다.

요시히로가 쇼군에게 원군을 요청하고 난 뒤 약 한 시간이 지나, 야마나 우지키요가 이끄는 이천 명의 병사가 니죠오미야로 몰려왔다. 지친 오우치군을 지원하기 위해 아카마쓰 요시노리의 병사 천삼백 명이 달려왔다.

"오우치 병사들은 오늘 아침의 싸움으로 기력이 소진되어 있다. 우리들은 조력자의 입장으로 이 전장에 투입되기는 하였으나 힘을 보탠다고 생각하거나 오우치 병사들에게 의지하려고 생각해서는 안 된다. 앞장서서 공격하고 목숨을 버릴 각오로 싸워라!"

요시노리가 큰소리로 명령하는 것을 듣고 오우치의 병사들도 분발하려고 했지만 부상자가 많아 오늘 아침과 같이 싸울 수 없을 것이라 판단했다. 때문에 이번에는 아카마쓰에게 선진을 양보했다.

우지키요의 군사는 과감하게 진격해 왔다. 우지키요는 사위 미쓰유키와 함께 반란군의 총대장이었다. 그 역시 이길 수 없는 싸움에 임하면서 이미 죽음을 각오하고 있었다. 쇼군 요시미쓰에게 원한 맺힌 일격을 가하고 말겠다는, 오로지 그 하나의 목적으로 무턱대고 맹렬하게 돌진하고 있었다.

싸움은 니죠오미야에서만 전개된 게 아니었다. 우치노를 포위한 야마나 군사들과 막부군 사이에는 격렬한 전투가 펼쳐졌다.

아카마쓰 군사는 용감하게 싸웠지만 우지키요가 이끄는 야마나군에 밀려 점점 방어하는 입장이 되었다.

"이번에는 관전만 하십시오. 제가 출전하겠습니다."

히라이 미치스케가 말했다. 부상을 입은 요시히로를 배려한 것이다.

"어찌 보고만 있을 수 있겠나."

요시히로도 난전에 뛰어들 생각이었다. 이제는 옆구리에 입은 상처가 아파 오기 시작했다. 스친 정도라고 했지만 늑골이 보일 정도로 상처가 깊었다. 지혈을 위해 몇 겹이나 강하게 흰 천을 감았다. 때문에 몸은 자유롭지 못했고 무리하게 움직이노라면 격한 통증이 느껴졌다. 두 곳이나 상처를 입은 오른쪽 어깨가 저리듯이 무거웠다. 그러나 정작 전장에 들어서면 고통을 잊고 충분히 싸울 자신은 있었다.

"아닙니다. 아무래도 여기서 쉬시는 게 좋겠습니다."

"그렇게 할 수는 없다."

요시히로와 미치스케가 입씨름을 하는 가운데 후방에서 야마나군 일부가 밀어닥쳤다. 순식간에 난입하여 서로 칼부림을 하였다. 요시히로는 왼손에 언월도를 들고 거기에 오른팔을 함께 모아 쥐고 적을 향해 나아갔지만 허공을 가르고 자세도 무너지기 일쑤였다. 그것을 본 무사 둘이 눈짓으로 서로 신호하며 동시에 요시히로의 오른쪽과 왼쪽을 공격하였다. 한 사람의 공격은 겨드랑이를 찔러 막았지만 다른 한 사람의 칼은 막지 못해 털썩 쓰러지고 말았다.

"형님! 위험합니다!"

소리를 지르며 히로마사가 뛰쳐나왔다. 히로마사는 위쪽에서 공격하려는 적에게 거세게 덤벼들었으나 맞붙은 상대는 체격이 우람했다. 그는 히로마사를 곧장 깔아 눕혔다. 요시히로가 일어나 다가갔을 때에는 이미 히로마사의 목이 잘린 후였다.

요시히로는 적의 등에 언월도를 깊이 찔러 넣고 뒹구는 몸을 꼼짝 못하게 작은 칼로 눌렀다. 그러고는 재빨리 목을 딴 뒤 높이 던져 버렸다. 요시히로는 히로마사 쪽으로 달려갔다. 안아 일으켰지만 이미 숨이 끊어진 상태였다. 자신을 보호하려다 목숨을 잃은 동생의 얼굴을 요시히로는 한동안 멍한 마음으로 바라보았다. 다시 적들이 야수처럼 소리 지르며 공격해 왔다. 요시히로는 언월도를 주워 두 다리로 버티고 섰다. 옆구리 상처에서는 다시 피가 솟구치는 듯했다.

요시히로가 기력을 쥐어짜 언월도를 다시 들었을 때, 히라이 미치스케가 피로 물든 칼을 든 채로 달려왔다. 같은 시간, 아카마쓰 군사들은 후퇴하고 있었기 때문에 요시히로를 습격하려 한 야마나 병사 수십 명은 오우치군 사이에 끼어 포위되었다. 이 때문에 어렵지 않게 토벌할 수 있었다.

두 시간 이상의 전투에서 아카마쓰군 대부분은 전사했고 남은 병사도 매우 지쳐 있어 요시히로는 쇼군에게 원군을 요청했다. 잇시키 아키노리의 병사들이 투입되어 이들과 교대하기로 했다.

"미치스케, 가마를 준비해 주게."

요시히로가 말했다.

"가마 말씀이십니까?"

"음……, 서서 움직이노라니 옆구리에서 피가 흐르는구나. 가마에 타서 다시 한번 싸우고 싶다."

"분부대로 하겠습니다."

미치스케는 곧바로 젊은 무사를 불러 인근에서 가마를 빌려 오도록 명령했다.

"문을 열어 주지 않을 테니 담을 넘어 빼앗아서라도 가마를 가지고 오너라. 자 서둘러라."

젊은 무사들이 서둘러 나간 뒤, 요시히로가 돌 위에 앉아 미치스케와 이야기를 하는 곳에 아카마쓰 요시노리가 비틀거리는 발걸음으로 다가왔다. 부상은 입지 않았지만 몹시 지친 모습이었다.

"나도 잇시키 도노가 싸우는 모습을 보고 싶구나."

투구 사이로 보이는 요시노리의 얼굴에는 엷은 웃음이 베어 나오고 있었다.

"잇시키 도노의 병사는 아마 팔백 명 정도일 것입니다. 쇼군 곁에는 이제 교대할 병사도 없습니다. 어떻게 해서든지 여기서 우지키요군을 막아내지 않으면 안 됩니다. 우리들은 지금부터 잇시키군과 합세하겠습니다. 아카마쓰 도노는 잠시 휴식을 취하십시오."

요시히로는 이같이 말하면서 젊은 무사들이 가지고 온 가마에 서둘러 올라탔다. 귀족의 집에서 쓰던 것을 가지고 온 모양이었다. 지붕이 있기에 그것을 쳐 내도록 했다.

요시히로는 언월도를 쥐고 가마에 올랐다. 병사 네 명이 그 가마를 들어 올렸다. 가마를 선두로 오우치군이 출격하려 할 때, 잇시키 아키노리가 말을 타고 다가왔다. 투구 앞면 양쪽에 은색 뿔 장식이 붙은 5겹 목가리개 투구에 백사가 섞인 갑옷 차림이었다. 도로마루(泥丸)라고 이름을 붙인 4척 3촌의 큰 언월도를 옆구리에 차고 있었고, 말도 흰색 안장, 금색 마갑으로 장식하고 있었다. 실로 화려한 모양새였다. 요시히로는 아시카가씨의 지족(支族)다운 기품과 귀족적인 태도를 그 모습에서 느낄 수 있었다.

아키노리는 가마에 탄 요시히로를 보고 일순 놀란 모양이었지만 느긋하게 두세 번 고개를 끄덕여 보였다. 그리고 채찍을 휘두르며 니죠오미야를 동쪽으로 보고 힘차게 달려 나갔다.

"뒤따르라."

요시히로의 명령에 따라 오우치군도 잇시키군의 뒤를 따라 달렸다. 아카마쓰 요시노리도 간격을 조금 두고 뒤따랐다.

야마나 우지키요의 군사와 잇시키의 군사가 먼저 충돌했다. 야마나의 군사들은 이미 지친 기색이 역력했고 잇시키군에 밀려 지금이라도 당장 무너질 정도였다.

우지키요는 혼자서 말을 타고 잇시키군 사이로 들어와 사력을 다해 아키노리에게 덤벼들었다. 대장끼리의 일대일 승부에서는 역시 이제 막 전장에 투입된 아키노리에게 유리하게 돌아갔다.

서로 칼부림을 하는 사이에 도로마루의 칼끝이 우지키요의 눈썹 위를 약간 스쳤다. 피가 눈에 흘러들어 가는 바람에 우지키요는 갑자기 말머리를 돌려 동쪽으로 달아났다. 그것을 계기로 야마나군이 일제히 퇴각하기 시작했다. 잇시키, 오우치, 아카마쓰의 병사들이 추격했다. 잇시키 아키노리는 결국 오시고지오미야(押小路大宮)까지 우지키요를 따라갔다.

요시히로가 그곳에 도착한 것은 아키노리가 휘두른 4척 3촌의 칼에 우지키요의 투구가 두 쪽으로 완전히 갈라진 시점이었다.

"나무아미타불!"

낙마하면서 우지키요가 외쳤다. 전장에서 칼에 맞아 죽어 가는 무장이 부르짖듯이 염불을 외는 것은 매우 드문 일이다. 그것을 매우 자연스러운 일처럼 요시히로는 듣고 있었다. 쇼군 요시미쓰의 무리한 정략에 희생양이 된 야마나 우지키요다운, 최후의 정경이라고도 생각했다.

잇시키, 오우치, 아카마쓰 군사들이 승리의 함성을 지를 무렵, 우치노 여기저기에서도 막부군의 함성이 퍼져나가 전쟁은 해가 저물기도 전에 종결되었다.

야마나군의 또 다른 수장 미쓰유키는 행방을 감추고 말았다. 이후 그는 이나바로 피신한 후, 규슈로 멀리 달아나 그 말로는 확실치 않다. 결국 우지키요의 머리만이 아키노리 손에 들어왔다. 마지막에 합세한 잇시키씨가 모든 공을 세운 셈이 되었다.

아카마쓰 요시노리 등은 참으로 유감스러워했다. 우지키요의 병사들이 기력을 잃을 때까지 상대를 해 준 것은 아카마쓰 부대였다. 원군을 청하지 않고 자신들끼리 우지키요를 토벌했어야 한다고 몹시 후회했지만, 일이 끝난 뒤에는 얼마든지 생각할 수 있는 일이다.

요시히로의 입장도 마찬가지다. 최고의 훈공을 잇시키 아키노리에게 양보하게 된 것을 유감스럽게 생각하지 않는 것은 아니었다. 그러나 그의 경우, 야마나의 맹장으로 널리 이름이 알려진 고바야시 슈리노스케를 죽인 공로가 있다. 때문에 아카마쓰 정도로 억울하지는 않았다. 그보다 요시히로에게는 전장에 나타난 잇시키 아키노리의 무사다운 모습이 아직 가슴에 남아 있었다. 아키노리는 옷차림의 화려함뿐만 아니라 일군의 대장다운 용맹함으로 종횡무진했다. 그와 같은 훌륭한 무장으로 남고 싶다고 요시히로는 몰래 혼자 바랐다.

호리가와에 본진을 옮긴 쇼군 앞에 잇시키씨의 졸병 두 명이 야마나 우지키요의 목을 가지고 들어왔다. 적의 수급(首級)을 확인하는 것이다. 상투를 틀고 화장한 얼굴로 등장한 우지키요의 모습에는 기묘한 위엄이 묻어났다. 우지키요 48세. 그의 얼굴을 천천히 보면서 요시미쓰가 입을 열었다.

"하늘의 뜻을 어기고 모반한 자의 최후를 보거라."

주변에 있는 무장들에게 하는 말이었다.

'하늘의 뜻을 어기고…….'

요시히로는 속으로 중얼거렸다.

"어리석은 우지키요를 묻어 주거라."

쇼군의 목소리는 허탈감이 감도는 분위기를 차갑고 떨리게 만들었다.

저녁부터 갑자기 추워지기 시작했다. 눈발이 약하게 흩날리기도 했다. 사람도 말도 얼어붙을 것 같은 교토의 섣달그믐 저녁이었다.

설마 잔당들이 습격하지는 않겠지. 만약을 위해 무장은 해제하지 않고 호리가와 숙소 주변에 전군 야영하기로 했다. 화톳불을 피워 추위를 녹이고 전승의 기쁨을 술로 나누는 가운데 밤은 깊어 갔다. 날이 밝으면 메이토쿠 3년(1392년) 정월이 되는 것이다. 묘시(오전 6시), 쇼군은 하나노 고쇼로 돌아갔다.

'육분일중'이라고 일컬어지며 강대한 세력을 자랑하던 야마나씨는 쇼군을 위협하다가 괴멸되고 말았다. 유력 슈고를 차례로 탄압하는 요시미쓰의 정략은 야마나씨 토벌 이후에도 이어졌다.

—다음은 누구일까.

여러 무장의 머릿속에 이런 생각이 스치듯 지나갔다. 그러나 지금 야마나씨 정도로 강세를 가진 슈고는 없다. 요시히로 역시 자신도 언젠가 같은 입장에 놓일 거라고는 전혀 예상하지 못할 무렵이었다. 이때 요시히로의 뇌리에 스친 것은 규슈 단다이 이마가와 료슌이었다. 단다이의 지위를 이용하여 사적 세력을 불리고 있는 료슌을 요시미쓰가 험악한 시선으로 바라보고 있다는 사실을 적어도 요시히로는 알고 있었다. 쇼군의 마음을 그렇게 이끌고 있는 이가 바로 요시히로 자신이기 때문이다. 그러나 그러한 행동이 우지키요의 운명과도 같은 결말을 가져올 첫 단계임을 요시히로는 아직 모르고 있었다. 아니, 알려고도 하지 않았다. 아무튼 메이토쿠의 난을 계기로 요시히로의 야망의 꽃은 커다랗게 피기 시작했다.

야망의 요새

신 영토

메이토쿠의 난에 따른 논공행상이 벌어진 것은 메이토쿠 3년(1392년) 정월 4일이었다.

하나노 고쇼에 모인 여러 무장들은 긴장한 얼굴로 쇼군 요시미쓰가 착석하기만을 기다리고 있었다. 기록관 등을 데리고 나타난 요시미쓰는 엄숙하게 두루마리를 펼쳤다. 먼저 야마나씨의 구 영토 처분에 대해서 발표했다. 주목해야 할 부분은 바로 이 대목이었다.

메이토쿠의 난에서 싸운 자들은 모두 자신의 희생을 자부하였다. 말하자면 전리품과 같은 영토를 처분하는 데 있어 요시미쓰도 꽤 고민했을 터이다.

제일 먼저 호소가와 요리모토의 이름이 불렸다.

"단바를 하사하겠다."

이의가 없는 결정이었다. 다음으로 단고는 잇시키 요시노리에게 돌아갔다. 잇시키 요시노리는 야마나 우지키요를 직접 죽여 전쟁의 모든 훈공을 가져간 잇시키 아키노리의 아들이다.

미마사카는 아카마쓰 요시노리가 받았다. 그리고 사사키 다카노리는 오키, 이즈모 두 나라를 받았다. 두 나라라고 하면 야단스럽게 들리지만 오키는 바다에 떠 있는 외딴 섬이다. 오랜 역사를 가진 섬이지만 큰 영향을 미칠 정도의 영토라고 생각되지 않아 누구도 놀라지는 않았다.

다음으로 야마나 도키히로, 야마나 우지이에, 야마나 우지유키 세 사람의 처우가 관심거리였다. 어딘지 모를 차가운 시선이 그들에게 주목되고 있는 것은 사실이었다. 분열한 야마나 일족 가운데서도 이들 세 명만이 살아남은 것이다. 세력을 자랑하던 야마나를 억압하기 위한 쇼군의 책략에 꾀어 이들은 메이토쿠의 난에서 막부군에 가담했다. 그렇지만 피를 나눈 집안 사람들과 싸웠던 이 세 사람에 대해 주변의 시선은 동정이 아닌 경멸에 가까웠다. 그러나 도키히로가 다지마를, 우지이에가 이나바를, 우지유키가 호키를 받아 야마나의 구 영토 가운데 세 개 나라만큼은 겨우 보전할 수 있었다. 명족 야마나를 전멸시키지 않기 위해서는 이러한 조치가 필요했다고도 할 수 있다. 세 사람을 불쌍하게 여긴다면 역시 요시미쓰의 비정한 정책도 증오하지 않을 수 없다.

야마시로는 하타케야마 모토구니의 영토가 되었고 야마나 구 영토 열한 개 나라 가운데 이즈미와 기슈(紀州) 두 나라만이 남았다.

요시히로는 자신의 이름이 불리지 않자 다소 초조해졌다. 눈앞에는 매력적인 두 나라가 남았다. 처음에는 이즈모를 가지고 싶었다. 자신의 영토 이와미와 가까워 영토를 늘릴 수 있기 때문이었다. 이즈모가 사사키 다카아키에게 넘어갔을 때에는, 조금 원통하기도 했다. 그러나 이즈미라면 더욱 좋다. 센슈 사카이 항을 손에 넣는다면 기대 이상일 거라 생각하니 가슴이 두근거렸다.

만약에 기슈를 받는다면?

센슈 정도의 이익을 기대할 수는 없지만 이곳에는 남조의 본거지가 있다. 교토를 제외하면 어느 나라에도 없는 정치의 무게감이 느껴지는 지역이다.

남조 세력이 쇠퇴하였다고는 하지만 막부에 대항할 세력임에는 틀림없다. 이마가와 료슌이 규슈에서 여전히 눈독을 들이는 것도 남조 세력이다. 이 남조 세력의 본거지를 영토 내에 두는 것은 어떠한 의미를 가질까? 기슈는 또 한 사람의 천황을 품고 불안하게 침묵하고 있다. 야마나씨는 기슈를 영유하면서 하는 일 없이 지내 왔다.

'센슈가 아닌 기슈의 슈고로 임명된다면 오우치로서도 할 일이 있다.'

요시히로는 이런저런 생각을 하며 요시미쓰의 말을 기다렸다.

"오우치에게는 이즈미, 기이(紀伊) 두 나라를 주겠다."

요시히로는 순간 자신의 귀를 의심했다. 여러 무장들이 노골적으로 놀라는 것도 당연한 일이었다.

"이번 전쟁에서 모두 잘 싸워 주었지만 실로 목숨을 걸고 충근(忠勤)한 자가 오우치 도노라는 사실에는 이견이 없을 것이다."

이러한 말에 아니라고 정면으로 맞설 사람은 없었지만, 분명 속으로는 여러 가지 생각을 품었을 것이다. 니죠오미야에서 적을 격퇴하고 갑옷이 찢겨 피투성이가 된 몸으로 원군을 청하러 온 요시히로의 모습을 쇼군은 잊지 않았던 것이다.

전장에서 활약한 자신의 모습을 과시하기 위해 일부러 쇼군을 찾은 것이라 생각하고 요시히로를 당장에 역겹다고 느낀 무장들도 적지 않았을 것이다. 요시히로가 가마를 타면서까지 진두 지휘한 것도 꽤 인상적이었다. 이조차 요시히로의 허세라고 판단하는 자가 있다면 그것은 어쩔 도리 없는 시기와 질투로, 논공행상에 늘 따라다니는 불평불만의 목소리라 할 수 있다. 그러나 이러한 불만을 억누를 수 있는 위엄을 쇼군은 메이토쿠의 난을 통해 갖추게 되었다.

실제로 각 군단 가운데 요시히로만큼 부상을 당한 대장은 그 누구도 없었다. 야마나 우지키요의 목을 벤 잇시키 아키노리만 하더라도 오우치와 아카마쓰군이 열심히 싸워 주던 상황을 이어받은 데 지나지 않는다. 거기에 비하면 최초의 전투에서 야마나의 공격을 막아 내고 적군의 용장 고바야시 슈리노스케를 손

수 죽인 요시히로의 훈공이야말로 특필할 만한 것이라 볼 수 있다.

요시미쓰는 그런 정황을 모두 파악하고 있었던 것이다. 그리고 무엇보다 오우치 요시히로의 충근에 감동했다. 그에 대한 절대적인 신뢰가 이번 전쟁을 통해 더욱 깊어졌다고 할 수 있다. 이즈미, 기이 두 나라를 시원스럽게 요시히로에게 내놓은 것은 그라면 문제될 게 없을 거라고 쇼군이 안심하고 마음을 열었음을 보여 주는 것이기도 했다.

요시히로는 1월 내내 상처를 치료하며 시간을 보냈다. 유키히메는 수발을 명목으로 이즈음부터 요시히로의 집으로 들어오게 되었다. 어느새 슬쩍 측실의 자리에 앉은 느낌도 없지 않았다. 전란 뒤의 어수선함 때문에 주변의 기이한 시선도 피할 수 있었고, 그렇게 세월은 흐르고 말았다.

"유키히메 님 뒤에는 좌대신이 계십니다. 행동을 조심하셔야 합니다."

히라이 미치스케가 요시히로에게 주의를 주었다.

"언젠가 주변이 안정되면 인사 드리러 갈 참이었다. 지금 당장 해야 할 일이라도 있는가?"

"전란의 위문금이라도 보내시면 어떨까 합니다."

"옳은 말이다. 일을 부탁하겠네."

"그럼."

사라지려는 미치스케를 요시히로는 불러 세웠다.

"미치스케, 2월이 되면 이 상처도 아물 것이다. 또 전쟁을 치러야만 한다. 야마구치에서 병사들이 곧 도착하겠지."

"또 전쟁이 시작됩니까?"

미치스케는 의외라는 듯이 말했다. 메이토쿠의 난에서 백 명에 가까운 병사를 잃었다. 요시히로는 오백 명의 군사를 보충하도록 명령했지만 이렇게 전쟁이 곧장 시작되리라고는 미치스케도 예상하지 못했던 것이다.

"센슈 때문이다. 지금 평정해 두지 않으면 안 돼."

요시히로는 하루라도 빨리 사카이 항에 가 보고 싶었다. 생각지도 않은 것이 굴러 들어왔다. 오우치씨로서는 하카타 항을 가지고 싶었지만 규슈 단다이 이마가와 료슌이 요시히로를 단단히 견제하고 있어 불가능했다. 그런데 하카타에 견줄 만한 사카이를 수중에 넣게 된 것이다. 갑자기 미래가 밝아졌다. 센슈를 장악함으로써 예전부터 품고 있던 무역의 꿈이 현실로 크게 한 발 다가왔다. 요시히로는 서둘렀다.

어느새 유키히메가 방으로 들어와 요시히로와 미치스케 두 사람이 하는 전쟁 이야기를 듣고 있었다. 미치스케가 밖으로 나가자 유키히메가 말했다.

"또 야마나의 사람들이 교토를 치러 오나요?"

"교토가 아니다. 다른 곳에서 전쟁이 벌어질지 모른다."

"어째서요?"

"쇼군으로부터 새 영토 두 곳을 하사받았다. 거기에는 아직 오우치를 따르지 않는 자가 있다."

"이런 몸으로 벌써 전쟁 이야기를 하시니 저는 깜짝 놀랐습니다."

"싸우기 위해 태어난 몸이다. 그것을 두려워하면 파멸하는 것과 다름없어. 이 요시히로를 따르려면 너 또한 각오해야 할 것이다."

"각오는 하고 있습니다."

"언젠가 야마구치에 돌아갈 것이다. 유키는 이대로 교토에 남으려는가?"

"야마구치로 가겠습니다."

"그리 해 다오."

그렇게 말하면서 요시히로는 이 여자를 미쓰와 만나게 할 때의 장면을 무거운 기분으로 상상해 보았다.

오미쓰에게 요시히로의 부상 소식이 전해질 무렵이었다. 요란스럽게 소식을 전해서는 안 된다고 일러두었는데, 히라이 미치스케가 어떻게 알렸는지 모르겠다.

정원에는 약간의 눈이 쌓여 있는 듯했다. 야마구치의 저택에도 눈이 많이 쌓였을까, 하고 잠시 생각해 보았다. 야마구치는 교토보다 눈이 많이 내린다.

야마구치를 생각하니 미쓰가 몹시 그리워졌다.

"왜 웃으십니까?"

눈앞에 있는 유키히메가 웃으며 물었다.

"아니다. 별일 아니야……."

사랑하는 여자를 옆에 두고 있으면서도 먼 곳에 있는 또 다른 여인을 그리워하는 자신이 요시히로는 이상하게 느껴졌다. 이런 가운데 전장에서 죽은 동생 히로마사가 문득 떠올랐다. 동생을 생각하니 여자에게 정신이 팔려 있는 자신이 면목이 없고, 상처를 마구 쥐어뜯고 싶은 충동마저 일었다. 히로마사는 형을 지키려 씩씩하게 적과 맞서다 자신의 눈앞에서 전사했다. 교토를 구경시켜 줄 생각으로 데리고 온 것이 외려 화가 된 것이다.

추위가 매서운 날에는 상처가 아파 왔다. 표면은 아물었지만 안쪽은 오랫동안 욱신거렸다. 규슈의 전장에서도 여러 번 부상을 입은 적이 있지만 이번에는 꽤 깊은 중상을 입고 말았다.

'요령 있게 잘 피해 다행이다.'

묘한 기분으로 지난 전쟁을 조용히 뒤돌아보는 것도 처음 있는 일이었다.

'나이가 들어 약해진 걸까.'

그렇게 생각해 보기도 했다. 나이가 들었다고는 하지만 요시히로는 메이토쿠 3년(1392년)에 아직 37세였다. 지금부터라도 일을 시작할 수 있다.

추위를 견디고 아픔을 참으며 한 달을 지냈다. 상처를 안고 방 안에 틀어박혀 있으니 잡다한 생각으로 몸이 쇠잔해지는 기분이 들었다.

2월 1일, 요시히로는 얼어붙은 바깥 공기를 깨듯 말을 타고 하나노 고쇼로 달리기 시작했다. 쇼군을 만나기 위해서였다.

"혈색이 많이 좋아졌구나."

요시미쓰는 반갑게 요시히로를 맞았다.

"이번 달 10일, 병사를 이끌고 교토를 잠시 떠나려 합니다. 부디 허락해 주시옵소서."

"고향으로 돌아가려는 것인가?"

"센슈에 가 보려 합니다."

"너무 서두르는 것은 아닌가?"

요시미쓰는 웃었다.

"센슈에는 야마나 우지키요의 잔당이 아직 활동하고 있다 들었습니다. 지금 퇴치해 두는 편이 좋지 않을까 생각합니다. 시간이 지나면 사태가 더 복잡해질 수 있습니다."

"흠."

요시미쓰가 진지한 얼굴로 고개를 끄덕였다. 이 사람은 대체 어떤 사람이지, 하는 조금은 질린 얼굴처럼 보이기도 했다.

요시미쓰는 별다른 생각 없이 기슈와 센슈를 오우치 요시히로의 영지로 허락했다. 야마나의 구 영지를 분배할 때 그는 메이토쿠의 난에서 요시히로가 보여 준 훌륭한 싸움의 태도를 높이 사서 아낌없이 두 나라를 하사했다.

다른 무장들 사이에서 불만의 목소리가 없었던 것도 아니다. 모두 요시히로 정도의 활약은 했다고 자부하고 있었다. 그러나 필사적인 충근의 모습을 강하게 각인시킨 것은 누가 뭐라고 해도 요시히로였다. 피투성이가 되어 쇼군의 본진에 나타나 원군을 청하는 요시히로의 남다른 모습을 보고, '새로운 행동 양식이군.' 하고 입을 삐죽대는 무장들도 많았다. 부상당한 몸으로 가마에 올라 진두지휘하는 요시히로를 곁눈으로 보면서 작위적인 행동이라고 생각한 사람도 있었는지 모른다.

그러나 오로지 헌신하는 자세를 보이려 한 요시히로를 요시미쓰가 호의적으로 생각한 것은 당연한 일이었다. 야마나씨가 장악하고 있던 영토 가운데 중요한 부분을 요시히로에게 하사함에 있어 요시미쓰는 일말의 고민도 없었다. 그러나 아직 상처가 다 아물지 않았는데도 요시히로가 병사를 이끌고 센슈로 돌진한다고 하니 당황스러웠다. 요시미쓰는 자신도 모르게 '아니, 이런?' 하는 얼굴을 하기는 했지만 그때만 해도 깊이 생각하지는 않았다. 즉, 요시히로가 센슈에 대해 그리고 있는 구상을 알 리 없었던 것이다.

당시의 사카이는 군사 요충지로서 무시할 수 없는 항구였다. 원래는 어항으로 번성한 곳이었는데, 농민을 포함하여 꽤 많은 민가가 밀집되어 있었고 상인도 모여 있었다.

남북조 쟁란이 시작되자 군사기지가 된 사카이 마을은 점차 성채로 변모해 갔다. 이 항구는 세토나이카이와 연결되어 있다. 그리고 배후에는 오사카와 교토, 나라가 자리하고 있다. 남조는 기슈의 요시노를 본거지로 두자 사카이를 확보하려 했다. 식량이나 물자를 풍부하게 손에 넣을 수 있고 교통면에서도 사카이를 확보해 둘 필요가 있었기 때문이다. 그것은 북조에게 있어서도 마찬가지였다. 남조에 사카이를 넘겨줄 수는 없었다.

양 세력이 사카이 쟁탈전을 격렬하게 전개한 것은 엔겐(延元) 3년(1338년) 5월로, 아직 아시카가 다카우지의 시대가 이어지던 때였다.

남군의 기타바타케 아키이에(北畠顯家)는 오사카 방면에서 부케가타의 북군에게 패해 후퇴하여 사카이를 공격했지만 결국 대패하고 전사했다. 이후 사카이는 부케가타가 지켰다.

무로마치 막부로부터 이즈미국 슈고를 임명받은 야마나 우지키요는 사카이에 본진을 두고 끊임없이 이곳을 노리는 남조 세력에 대비해 방위를 철저히 했다. 우지키요씨는 요충지였던 사카이를 지배하고, 또한 기이국 슈고로서 남조를 견제하면서도 한편으로는 교토의 쇼군에게 은근히 힘을 과시해 왔다. 그것이 요시미쓰의 경계심을 자극하여 메이토쿠의 난이 일어나게 된 하나의 요인으로 작용했다.

사카이를 둘러싼 상황에 대해 말해 보자면, 요시히로의 센슈 슈고직 임명은 그가 쇼군의 절대적인 신용을 얻었음을 반증하는 것이었다. 말하자면 요시미쓰와 요시히로의 밀월 시대가 시작된다는 뜻이기도 했다.

요시히로가 아직 자유스럽지 못한 몸을 이끌고 사카이에 들어가려 하는 것은 그 땅이 하루라도 눈을 뗄 수 없는 중요한 곳이기 때문이었다. 그러나 그때 아주 잠깐의 순간, 요시미쓰는 과거의 야마나 우지키요의 모습을 요시히로에게서 보았다. 두 사람 모두 무의식중에 지금 막이 오른 밀월 시대를 결국 파탄으로 이끌 빌미를 보이고 만 것이다.

쇼군에게 예고한 대로, 요시히로는 2월 10일 병사를 이끌고 교토를 나가 같은 날 사카이에 도착했다.

야마나 우지키요가 사카이의 본거지에서 막부군을 맞지 않고, 다시 말하면 막부군을 기다리지 않고 스스로 교토를 침공했기 때문에 사카이는 전쟁의 불길에 휩싸이지 않았다. 요시히로는 야마구치에서 도착한 병사 약 천삼백 명과 함께 사카이로 들어갔다. 당시 사카이에는 약간의 야마나 잔당이 남아 있었다. 이들은 싸움의 상대가 되지 않았고, 어느새 사방으로 흩어져 사라졌다.

"성가시긴 하군."

히라이 미치스케가 말했다.

"무엇이 성가시다는 말인가?"

말을 생략하여 때때로 수수께끼 같은 말을 하는 미치스케에게 요시히로는 고개를 갸웃거리며 물었다.

"사카이 사람들이 야마나 병사들에 대해 지나치게 냉담하다고 생각하지 않습니까? 야마나는 어제까지 이곳의 슈고였습니다. 악정을 펼쳤다면 당연히 그 소문이 자자했을 텐데 그렇지도 않습니다. 그럭저럭 다스려 왔다면 얼마간 정이 들기 마련이지요."

"그런 기색이 전혀 보이지 않는다는 것인가?"

"잔당이 민가에 숨어 있는 것을 일부러 고발하는 자들이 적지 않다는 게 조금 이상합니다."

"사카이 사람들은 야마나를 싫어하는군."

"야마나라기보다 북조에 호의를 갖고 있지 않다는 것이겠지요."

"남조 편인가?"

"그렇습니다. 그러니까 오우치에 대해서도 마찬가지일 것입니다. 일이 성가시게 되었다는 것은 그러한 뜻입니다."

"이쪽 땅의 성격이 그러하다면 방법이 없지 않은가?"

"도리가 없지요. 앞으로는 사카이 사람들의 마음을 얻을 수 있도록 방법을 강구해야 하겠습니다."

미치스케는 그 방법의 하나로서 가능한 고압적인 태도를 취하지 말고 연공(年貢) 등의 징수도 유연하게 하자고 진언했다. 즉 환심을 사자는 것이었다.

아시카가 다카우지 쇼군 시절, 남북 양 세력이 사카이 쟁탈전에서 피를 흘린 엔겐 2년(1337년)에 작은 사건 하나가 일어났다. 사카이의 어상 한 사람이 요시노와 내통한 혐의를 받아 북조 쪽으로부터 영업 금지를 당했다. 그 상인은 사카이에서 일어나는 북군의 움직임을 낱낱이 남조 측에 알려 왔다고 한다. 사카이 사람들이 남조에 호의를 가지고 있다는 일례일 것이다. 야마나 우지키요는 그런 사실을 알고 있으면서도 신경 쓰지 않았다. 강압적으로 민중을 지배하는 데 익숙해진 것이었다.

요시히로는 미치스케의 의견을 받아들여 사카이의 민심을 회유했다. 목적이 있었기 때문이다. 사카이 항을 하카타 항에 비견할 만한 무역 기지로 만드는, 그런 막연한 계획을 가슴속에 그리고 있었던 것이다.

하카타를 기지로 하여 고려와 무역을 하고 싶다고 요시히로는 규슈 출병 때부터 생각하고 있었다. 그러나 규슈 단다이 이마가와 료슌은 고려에서 사절이 오면 그들의 호위를 명할 뿐, 요시히로가 중간에 끼어드는 걸 허락하지 않았다. 오우치씨의 규슈 진출을 저지하는 료슌에 대해 내심 강한 불만을 가지고 있던 차에, 요시히로는 생각지도 않게 사카이 항이 있는 센슈를 손에 넣은 것이었다.

'고려나 명의 배를 사카이로 오게 만들 수는 없을까.' 하고 요시히로는 생각했다. 사카이는 교토와 가깝고 무엇보다 거대 소비 시장이 있는 오사카를 끼고 있다. 고려나 명과 거리가 멀기는 해도 상업 항구로서 하카타보다 유리한 입지 조건을 가지고 있는 것이다. 어항이나 군사 기지로만 사용하는 것은 참으로 아까운 일이 아닐 수 없다. 명과 교역하는 데 대해서는 쇼군도 이미 형식적으로 비굴한 자세를 취할 작정을 하고 있었다. 요시미쓰가 마음만 먹는다면 사카이는 오우치씨의 손에서 크게 달라질 수 있다. 그러나 그것은 사카이를 본거지로 삼았던 야마나 우지키요가 막부에 대하던 것과 같은 형식이다. 요시히로는 이에 대해서는 그다지 심각하게 고민하지 않았다. 제대로 해 보겠다는 막연한 자신감에만 넘쳐 있었다.

요시히로는 야마나 우지키요가 살던 사카이의 저택을 그대로 이용하기로 했다. '육분일중'이라 불렸던 야마나의 위세를 짐작하게 하는 웅장한 저택이었다. 요시히로는 그곳에서 지내며 새로운 영토가 된 이즈미국의 슈고로서 정력적으로 일했다. 3월 벚꽃이 필 무렵이 되자 상처도 거의 나았고 체력도 회복되었다.

먼저 사카이 항의 정비에 나섰다. 선착장을 신설하고 여러 나라의 배가 자유롭게 드나들 수 있도록 항구를 활짝 열었다. 사카이 항을 지배하게 된 이후, 본거지 스오와 왕래하기도 꽤 편리해졌다. 미타지리와 사카이를 잇는 항로는 온화한 세토나이카이에 있다. 이 두 곳은 한 줄기 띠와 같이 좁게 흐르는 바닷물로 이어져 있다. 기분상으로도 스오와 긴키(近畿)는 단숨에 거리가 짧아진 듯했다.

사카이의 새로운 양상이 알려지자 소규모였지만 교역을 원하는 여러 나라의 배가 조금씩 들어오게 되었다. 내외의 배가 드나드는 항구로서는 다이라노 기요모리(平清盛) 시대에 개척된 효고항이 유명하다. 그러나 이대로 간다면 사카이가 주요 항구로 대두될 수 있다. 이는 허황된 꿈이 아니었다. 결국 '동양의 베니스'로 불리며 내외의 배가 모여드는 자유항 '사카이'는 그렇게 요시히로의 손에 의해서 개발되기 시작했다.

사카이를 중심으로 한 이즈미국의 경영은 순조롭게 진행되었다. 신경이 쓰이는 것은 역시 기이였다. 벚꽃이 필 무렵이 되자, 요시노에 저항의 본거지를 두고 더욱 기세를 올린 남조의 존재가 요시히로의 마음을 무겁게 만들었다. 자신의 영토 가운데 그러한 본거지를 방임하는 것 자체가 있을 수 없는 일이라고 생각했다. 또한 사카이 항구의 안전도 끊임없이 위협받고 있었다.

야마나 우지키요는 요시노 조정에 대해서 특별히 손을 쓰지 않았다. 말하자면 방관하는 태도를 견지했다.

당시 남조는 현저하게 세력이 쇠약해진 것도 사실이었다. 실제로 막부에게 있어서 큰 위협 세력이 되지는 못했다. 사카이 쟁탈전이 반복되던 엔겐 4년(1339년)에 고다이고 천황(後醍醐天皇)이 붕어하고, 황태자 노리나가 신노(義良親王)가 즉위하여 고무라카미 천황(後村上天皇)이 되었다. 그리하여 북조에 대항하는 선제의 유지를 이어 가기는 했다. 그 후, 남조 세력은 고카메야마 천황(後龜山天皇) 대에 갑자기 쇠미해졌다. 역으로 아시카가 요시미쓰를 쇼군으로 둔 막부의 권력은 날로 강화되었다. 남조의 염원이었던 교토 회복은 이제 가망이 없게 되었다.

'화해를 바라지는 않을까.'

요시히로는 문득 이러한 생각이 들었다. 궁지에 몰린 남조 세력이 불운한 처지를 힘겨워하다 자멸할 정도라면 화해의 길을 모색하는 것이 현명할 것이다.

'60년에 걸친 남북조 쟁란 때문에 어마어마한 피를 흘렸고, 무익한 전쟁에 휘말려 많은 민중이 고통받았다. 조정이 이래서는 안 된다.'

요시히로는 북조에 대해서도 이렇게 말하고 싶었다. 그리고 자신이 그 중개자로서 적임자라는 생각이 들었다. 아시카가와 혈연관계는 아니지만 새로이 기이국의 슈고가 된 것을 계기로 남북조 통일을 기획하는 것은 자연스러운 일인지도 모른다. 요시히로는 스스로를 격려하면서 별안간 커다란 역할을 짊어진 자신에게 고양된 시선을 던졌다.

순풍

"순풍이로군요. 말 그대로."

히라이 미치스케가 말했다.

"이 정도로 만족하면 안 된다. 지금부터다. 해야 할 일이 산더미야."

요시히로는 진중한 표정으로 대답했다. 조금 전부터 눈을 감고 있었던 것은 그런 생각을 하고 있었기 때문이다. 서로의 생각이란 입장에 따라 조금씩 다르겠지만 가슴속의 감회는 상통하는 것이 있었다.

메이토쿠 4년(1393년) 봄, 요시히로는 사카이 항에서 나와 세토나이카이를 통해 스오로 향하는 배 안에 있었다.

쇼군을 따라 처음 상경한 이후 벌써 4년이라는 세월이 지났다. 주뼛주뼛하며 교토의 마을을 구경하던 게 마치 어제 일 같다.

메이토쿠의 난에서 위험천만하게 목숨을 잃을 지경이었지만 그 헌신적인 모습을 쇼군 요시미쓰에게 인정받고 난 뒤로부터는 모든 일이 순조로웠다. 그 가운데서도 요시히로의 존재를 일

약 유명하게 만든 것은 남북조 통일의 중개자로 활약하며 그것을 성공시킨 일이다. 요시히로는 통일을 위한 사전 공작을 했을 뿐, 당연히 표면적인 절충은 양조를 대표하는 유서 깊은 혈통의 권신들이 맡았다.

남조 측이 크게 양보하여 고카메야마 천황의 교토 환궁이 실현된 것은 메이토쿠 3년(1392년) 윤 10월이었다. 오우치 요시히로의 이름이 정식으로 등장하지는 않았지만 진정한 공로자가 그라는 사실은 누구나 인정하는 바였다.

57년간 이어져 온 남북조 쟁란은 이것으로 일단락되었다. 사람들은 새삼스레 기이국 슈고인 요시히로의 실력을 다시금 확인하게 되었다. 야마나씨를 비롯하여 지금까지의 슈고들이 하지 못했던 일을 한 것이다. 그것은 이즈미, 기이를 포함하여 여섯 개 나라의 슈고를 맡은 오우치씨의 세위가 있었기에 가능한 일이었다.

권력의 면에서 보자면 야마나 우지키요도 그런 일을 할 수 있었을 테지만 그는 팔짱을 끼고 수수방관하였다. 요시히로는 사카이에 처음 갔을 때 부하 히라이 미치스케가 한 말, 즉 사카이 사람들이 남조 편에 서 있다는 말을 듣고 번쩍 생각이 떠올랐다. 사카이에서 선정을 펼쳐 그것을 기반으로 하여 남조에 접근할 수 있지 않을까, 하는 것이었다. 그것이 이상할 정도로 잘 진행된 것은 강을 건너려는데 나루터에 배가 있는 것처럼 남조 측의 상황 때문이었는지도 모른다. 요시히로가 교토 환궁에 대해 미리 의논하려 하자 남조 측은 냉큼 손을 잡으며 달려들었다. 남은 것은 형식적인 교섭 정도였다.

단 한 가지, 요시히로가 신경 쓰이는 부분이 약간 있었다. 그것은 바로 쇼군 요시미쓰의 태도였다. 요시히로에 대한 주위의 칭찬에 비해 쇼군의 찬사는 아무리 봐도 의례적인 것이었다. 생각하기에 따라서는 묘하게 비난하고 있는 것 같기도 했다. 이에 대해서는 요시히로도 짐작이 가는 바가 있었다. 즉, 남북조 통일의 공로를 요시히로 혼자 독점하고 있는 것이 문제인 것이다. 처음부터 쇼군의 명령에 따라 일이 진행된 것처럼 꾸미는 게 좋았을 수도 있지만, 그렇게 했다면 요시히로가 이토록 찬사를 받지는 못했을 것이다. 요시히로는 당시에 힘을 과시하던 자신의 언동을 기억한다.

그렇지만 남북조 통일은 무로마치 막부가 지고 있던 어깨의 짐을 내린 결과를 가져오지 않았는가, 어떠한 형태로든 보상이 있어야 하지 않는가, 하고 요시히로는 생각했다. 요시미쓰는 그러한 요시히로의 마음을 꿰뚫어 보듯, 평소 마음에 들어 하던 신하이자 남조와의 교섭에 임한 요시다 가네히로(吉田兼熙)의 노고만을 치하하고 위로했다.

미타지리 항구에 도착해 보니 선착장에는 엄청난 수의 가신들이 마중을 나와 있었다. 그리고 그 중앙에는 오미쓰가 있었다.

'아아, 나와 있구나.'

요시히로는 중얼거리면서 뒤로 돌아 유키히메—이제는 오유키라고 부르는 편이 적합할 것이다—를 힐끗 쳐다보았다. 뱃멀미 때문에 매우 지쳐 있었다. 거북스러운 대면이 기다리고 있는 것을 생각하면 오히려 잘된 일인지도 모른다고 요시히로는 생각했다.

"어서 오세요."

오미쓰는 변함없이 쾌활하게 말했다. 조금 살이 찐 듯했다.

"내가 없는 동안 고생이 많았소. 건강한 모습을 보니 안심이 되는구려."

요시히로가 우물거리듯 말하며 사 년 만에 보는 아내에게 웃어 보였다. 먼발치에서 여종의 시중을 받으며 오유키가 걸어오고 있었다. 요시히로가 오유키를 가리키려 하자 오미쓰가 말했다.

"자, 말을 준비해 두었습니다. 야마구치 야카타까지 저와 함께 달려 주시겠습니까?"

얼굴이 소녀처럼 빛나고 있었다. 오미쓰는 요시히로에게 시집올 때와 같이 암적색의 소박한 통소매 옷을 입고 있었다. 비가 그친 뒤 안개가 자욱한 오도노오지에 모습을 드러낸 오미쓰를 놀란 눈으로 바라보던 그때가 생각났다.

"좋소."

요시히로는 가져온 말에 올라타서 달리기 시작했다. 오미쓰가 그의 뒤를 따랐다. 당황한 부하들도 줄지어 달리기 시작했다.

두 사람은 어느 틈엔가 나란히 달리고 있었다.

"유키에 대해서는 알고 있었소?"

요시히로가 큰소리로 말했다.

"네. 모두."

"누구에게 들었소?"

"히라이 도노가 소식을 전해 주었습니다. 놀라지 말라며."

"이놈!"

채찍을 휘둘렀다. 말은 속력을 내기 시작했다. 길이 좁아졌기 때문에 오미쓰는 가만히 요시히로의 뒤를 따랐다. 한숨 놓이는 기분으로 요시히로는 오랜만에 스오의 거리를 마음껏 달렸다.

며칠 후, 오미쓰가 조금 뻣뻣한 태도로 말했다.

"오유키 님이 회임한 것은 알고 계신지요?"

"!?"

요시히로는 전혀 모르고 있었다.

귀향 날짜가 정해지자 오유키는 집요하게 요시히로를 찾았다. 정실이 있는 야마구치에서의 생활을 그려 보며 자신을 빨리 독점해 버리려는 여자의 마음을 모르는 것도 아니었지만, 요시히로는 어쩐지 성가시게 느껴졌다. 멍청하게 오유키를 품으면서도 임신한 사실은 눈치채지 못했다.

"사 개월 되었다 합니다."

겉으로 잘 드러나지 않는 체질인가? 왜 귀띔해 주지 않았을까? 요시히로는 혼자 생각하면서 고개를 갸웃거렸다. 오미쓰는 다시 말을 이었다.

"오유키 님은 이곳이 지독한 시골이라며 푸념하고 있다 합니다. 교토에서 자란 분이라 적응하기에는 시간이 좀 걸릴 것입니다."

"……."

요시히로는 답을 찾지 못했다. 여자들끼리 서로 속을 떠보는 일이 벌써 시작된 것이다. 당혹스러웠다.

"저도 아이를 가지게 해 주십시오."

오미쓰가 돌연히 말했다. 오랫동안 생각해 온 모양이었다. 크게 뜬 눈동자에는 눈물이 고여 있었다. 가여운 마음에 끌어안기는 했으나 오유키의 뱃속에 자신의 아이가 있다는 사실을 들었을 때의 가슴 떨림이 아직 남아 있다.

전장에서 세월을 보내다 이 나이에 겨우 아버지가 되게 되었다. 떨림과 기쁨이 뒤섞여 요시히로의 마음은 진정되지 않았다.

다음 날, 별동에 있는 오유키의 방을 찾았다. 당분간 바빠질 것 같다.

"아이가 생겼다고? 왜 말하지 않았느냐?"

"글쎄요. 왜일까요? 저도 잘 모르겠습니다. 오미쓰 님으로부터 들으셨습니까?"

"누군가가 말해 주었겠지."

"그런 줄은 알고 있었지만 오미쓰 님은 충성스러운 부하들을 두셨군요. 제 귀에는 아무 말도 들어오지 않았습니다."

"아무튼 좋은 일이다. 이왕이면 남자아이라면 좋으련만."

"저도 그렇게 바라고 있습니다."

"무엇보다 몸조심 하여라."

요시히로는 한껏 부드러운 목소리로 말했다. 오유키는 요시히로가 임신 소식을 듣고 달려올 것이라 예상하고 있었던 듯했다. 야마구치에 도착하여 정실과 대립하기 시작할 때에 수태 사실을 알리는 편이 좋을 것이라 계산한 거겠지, 하고 요시히로는 생각했다.

오미쓰보다 오유키와 생활한 세월이 훨씬 길다. 오래 살다 보니 뜻밖의 모습을 발견하여 놀라는 일이 적지 않았다. 예를 들면 오유키는 자신이 귀족 출신이라는 것을 조금 으스대는 면이 있기도 했다.

'오미쓰에게서도 점차 의외의 모습을 발견하게 되겠지.'

요시히로는 어울리지 않게 벌벌 떨리는 듯했지만, 한편으로 오미쓰에게는 이상할 정도의 깊은 신뢰감을 가지고 있었다. 이제야 겨우 여자란 알 수 없는 동물이라고 말할 수 있을 것 같았다.

어찌 됐든 현재 요시히로의 마음속에는 오유키가 아이를 가지고 있다는 사실만 자리하고 있었다. 그리고 남자아이가 태어나기를, 그것만을 기원했다.

해가 바뀌어 오에이 원년(1394년) 정월, 오유키는 바라던 대로 사내아이를 낳았다. 이후 오우치씨 27대 영주가 되는 모치요(持世)이다.

끊임없이 아이를 바라던 오미쓰는 오에이 3년(1396년)에 여자아이를 낳았다. 그리고 다음 해에 그토록 원하던 남자아이를 낳았다. 이후에 모치요와 상속을 다투게 되는 모치모리(持盛)이다.

요시히로는 한동안 야마구치에 머물며 이복형제들의 성장을 지켜보고 또 영내의 발전에도 힘썼다. 작은 교토 야마구치에서 여유롭게 지내기도 했고 규슈에 출병하여 남조의 잔당들과 싸우기도 했다.

요시히로는 더 이상 전투를 바라지 않았지만 일부러 피하지는 않았다. 오히려 필요하다면 귀족의 평상복을 벗어던지고 갑옷차림으로 맹렬하게 적과 싸웠다.

요시히로가 규슈 단다이 이마가와 료슌의 해임을 알게 된 것은 야마구치로 돌아와서 2년 반이 지난 후인 오에이 2년(1395년) 가을이었다.

당시 료슌은 막부의 명령을 받아 오스미(大隅) 사쓰마(薩摩) 정벌에 의욕을 불태우고 있었다. 당연히 료슌은 요시히로에게 출병을 명령했지만 요시히로가 주저하는 사이에 료슌에게 귀경명령이 떨어졌다. 그 이전까지 요시히로는 료슌의 명령으로 몇 번이나 남조 세력의 잔당 소탕에 차출된 적이 있다. 그럴 때마다 료슌은 규슈 단다이의 권위를 과시하며 변함없이 '쇼군을 위해 일하도록' 하고 존대하는 태도를 보여 왔다. 요시히로가 교토에서 돌아온 이후에는 이러한 태도가 전보다 훨씬 심해졌다. 차라리 자신을 위해 힘을 빌려 달라고 솔직하게 말한다면 기꺼이 나가서 싸울 것이다.

귀경명령을 받은 료슌은 요시미쓰에게로 출사했다. 그에게 있어서는 생각지도 못한 해임이다. 그 소식을 접한 분고의 오토모씨는 이내 시마즈에게 료슌의 해임을 기뻐하는 편지를 보냈다고 한다. 겉으로는 료슌을 따르고 있는 것 같던 오토모씨조차 그를 혐오하고 있었던 것이다. 실제로 시마즈도 막부에는 복종했지만 이마가와에게는 반발하고 있었다.

료슌의 경질은 당연한 조치였고, 몰래 박수가 일기도 했다. 그 중에서도 료슌의 해임을 가장 반긴 사람은 요시히로였다. 분에 넘치는 료슌의 행동과 규슈에서 사적인 뿌리를 내리려는 그의 속셈을 쇼군의 귀에 넌지시 불어 넣은 것이 이런 결과를 낳았는지도 몰랐다.

료슌에 대한 혐오감이 심해져 가던 때이기도 해서 요시히로는 그다지 죄책감을 느끼지도 않았다. 그리고 요시히로는 기대했다. 료슌의 후임으로 자신이 규슈 단다이 자리에 앉게 되는 것은 아닌가, 하고 내심 기다리고 있었던 것이다. 기세를 한창 올리던 때였기에 자신감이 가득했던 것도 사실이었다. 하지만 그 기대는 보기 좋게 어긋났다. 순풍에 돛 단 격으로 만사가 순조롭던 그는 처음으로 좌절감을 맛보았다. 오에이 3년(1396년) 3월, 쇼군은 새 규슈 단다이에 시부카와 미쓰요리(澁川滿頼)를 임명했다.

일이 생각대로 전개되지 않자 요시히로는 최근 쇼군이 자신을 대하는 태도를 새삼 반추하게 되었다. 여러 가지로 짐작 가는 대목이 있었다. 이런저런 생각을 하며 지내는 가운데, 신임 규슈 단다이 시부카와 미쓰요리가 야마구치로 찾아왔다. 부임 도중이기는 하지만 료슌도 그렇게 한 것처럼 요시히로에게 협력을 구하러 온 것이다.

미쓰요리는 생각했던 대로 평범한 인물이었다. 료슌의 뒤를 잇기에는 포부도 없어 보였고 판에 박힌 일만 할 무장으로밖에 보이지 않았다. 이 자라면 규슈에서 세력을 펼치고 막부를 위협할 리 없다. 료슌을 해임하고 요시히로를 견제하며 미쓰요리를 단다이로 선택한 쇼군 요시미쓰의 목적은 바로 그런 것이었다.

'쉬운 상대로군.'

요시히로는 정중하게 미쓰요리를 대접하고 다자이후까지 이백 명의 기사가 호위하도록 명령했다.

"오우치 도노께서 꼭 한 번 단다이 야카타에 와 주십시오."

미쓰요리가 미덥지 않은 말을 했다.

"기꺼이."

요시히로는 대답하면서 정말로 한 번 찾아갈 작정을 했다. 규슈에서는 아직 쇼니와 기쿠치 등이 틈을 노리며 봉기를 일으키려 하고 있었다. 미쓰요리 혼자서는 도저히 상대할 수 없다. 내키지 않아도 오우치씨가 관여하게 될 것임을 요시히로는 알고 있었다.

칠 주七州의 태수太守

요시히로가 제일 처음 노린 것은 고려와의 무역이었다. 이마가와 료슌이 은밀히 진행시키고 있던 사업을 자신의 손에 넣는 것이었다.

신임 규슈 단다이 시부카와 미쓰노리는 그저 자리에 앉아 있는 단다이에 지나지 않았다. 때문에 요시히로는 마음대로 일을 할 수 있었었다. 그는 단다이를 보좌한다는 명목으로 다자이후로 들어갔다. 규슈 단다이가 있기 때문에 치쿠젠국은 막부의 직할령과도 같지만 요시히로는 자신이 마치 슈고인 양 휘젓고 다녔다.

해외무역을 계획하기 위해서는 절대적으로 하카타 항이 필요했다. 지금 요시히로는 료슌이 가로막고 있던 것을 손에 넣고자 했다.

한편, 고려는 남북조 통일이 이루어진 해에 멸망하고 말았다. 고려는 분에이 · 고안의 역(文永 · 弘安の役, 몽고와 고려 연합군의 일본 침공)에 출병을 강요받은 이후 국력이 쇠잔해졌다. 또 북원을 지지

하는 파와 명을 지지하는 파가 대립하는 내분이 일어나, 결국 명을 지지하는 이성계에 의해 고려왕조는 멸망하고 조선왕국이 건국되었다.

왜구도 고려멸망의 한 원인이 되었다고 일컬어진다. 그것을 교훈 삼아 조선왕국은 고집스럽게 나라의 문을 닫기보다는 십년일공(十年一貢, 십 년에 한 번 조공무역을 실시함) 형식으로 나라의 문을 여는 것이 상책이라고 판단했다. 또한 규슈 세토나이카이의 해적을 견제하는 오우치씨의 무력도 한 수 위로 여기며 인정해 주기도 했다.

오우치의 무력에 의지하는 것은 규슈 단다이 시부카와 미쓰요리도 마찬가지였다. 남조의 잔존세력은 료슌의 노력 덕분에 거의 소탕되었지만 여전히 간헐적으로 저항이 일어나고 있었다. 그 진압에는 요시히로가 나섰다. 과감하게 싸움에 임하는 한편, 요시히로는 조선왕국과의 교역에 대비하여 착실히 준비해 나가고 있었다.

먼저 쇼군의 국서를 받아 조선으로 사절을 보내 국교를 청하였다. 명국과 가까워지기를 바라던 요시미쓰는 그 전 단계로서 일본과 조선의 교류를 기대하며 요시히로의 획책을 관망하고 있었다.

"귀국에서도 꼭 사절을 보내어 주십시오. 하카타와 교토 간의 송영은 오우치씨가 책임지겠습니다."

이에 대한 조선왕의 회신은 매우 호의적이었다. 일이 년 내에는 실현시키고 싶다고 했다. 이러한 사전 교섭을 위해 사자를 파견할 때, 요시히로는 별도의 서간 한 통을 사자에게 부탁했다.

"오우치씨는 백제의 시조 고씨의 자손이 일본에 망명한 후 귀화한 자의 피를 이어받은 자손입니다."

"이는 처음 듣는 일이로구나. 사신에게 조사를 시키도록 해라."

정종은 이렇게 말했다고 한다.

"오우치씨는 백제 왕족의 후예입니다."

요시히로가 교토에서 이 사실을 공표한 이후, 그는 시간이 흐름에 따라 이러한 사실을 점점 더 확신하게 되었다. 그것은 조선왕국과의 교역을 실현시키려는 의욕이 끓어오르면서 더욱 강하게 의식하게 된 것이기도 했다. 정종에게 이러한 사실을 일부러 알린 것은 소기의 목적을 달성하기 위한 계산된 행동이었지만, 자신의 마음속에 자라고 있는 조선왕국에 대한 친밀감이 그러한 서신을 쓰게 만든 것도 사실이었다.

요시히로는 사절단의 배에 과분할 정도의 진상품을 가득 실어 보냈다. 그에 대한 답례품에도 역시 경전, 서화와 같은 귀한 물건들이 많이 포함되어 있었다. 그 이후 양쪽이 종종 왕래를 하는 가운데 일종의 사무역과 같은 형태가 만들어져 갔다.

'이마가와 료슌도 고려와 이런 식으로 무역을 한 것은 아닐까.'

그렇게 생각하니 왠지 모를 경쟁심도 솟구쳤다. 무역의 실무는 하카타의 상인에게 맡기고 이윤의 일부를 오우치씨가 가지는 방식을 취했다. 이제 막 착수한 단계임에도 불구하고 예상 외의 이익금이 들어왔다. 이대로 간다면 대단한 재력을 쌓을 수 있을 것 같았다.

—칠 주의 태수.

서국의 사람들은 요시히로를 그렇게 불렀다. 칠 주란 치쿠젠, 부젠, 나카토, 스오, 이와미, 이즈미, 기이를 말한다. 그 가운데 치쿠젠을 오우치 영토로 간주하는 것은 부당한 것이라 육 주라고 해야 옳지만 요시히로가 부정하지 않았기 때문에 칠 주의 태수라는 명칭은 그대로 통용되었다.

마흔이 된 요시히로는 태생적으로 큰 골격에 군살도 붙기 시작했다. 전장에서 단련된 무장의 투혼이 서린 수려한 용모에는 이제 장중한 위엄마저 느껴졌다.

"머리를 깎은 모습이 흡사 불가의 스님 같습니다."

히라이 미치스케가 놀리듯 말했지만 정말 그렇게 보이기도 했다. 머리를 깎은 요시히로가 야마구치의 오우치 야카타 접견실에 무겁게 앉아 있는 모습은 법황(法皇)을 연상시킬 정도로 관록이 있어 보였다. 체발(剃髮)은 쇼군 요시미쓰를 따라한 것이다. 오에이 원년(1394년), 요시미쓰는 쇼군직을 아들 요시모치(義持)에게 물려주고 염원하던 다이죠 다이진(太政大臣)의 자리에 앉았다.

메이토쿠의 난을 거치고 남북조 통일이 된 이후, 요시미쓰의 태도는 더욱 거만해졌다. 조정의 저항도 있었기에 요시미쓰는 꽤 시간이 흐른 후에야 다이죠 다이진에 임명되었다. 그 지위를 겨우 획득한 요시미쓰는 그러나 다음 해에 지위를 내놓고 머리를 깎았다. 법의를 걸치는 목적은 그칠 줄 모르는 그의 야심 때문이었다. 다이죠 다이진보다 더 높은 지위에 있는 것은 천황이다. 사실 요시미쓰는 스스로 법황인 체하며 주변의 모든 형식을 법황에 준하는 것으로 바꾸었다.

요시미쓰가 삭발하자 그에게 영합하려는 자들은 서로 경쟁이라도 하듯이 출가했다. 시바 요시유키, 호소카와 요리모토, 잇시키 아키노리와 같은 다이묘를 비롯하여 귀족만 하더라도 열 명 정도가 머리를 깎고 요시미쓰를 따랐다. 자연히 요시미쓰는 매서운 눈으로 얼마나 많은 사람이 자신을 따르는지 그 동향을 살피게 되었다.

"나도 머리를 깎지 않으면 안 되겠지."

요시히로는 웃으며 미치스케에게 말했다.

"싫으시겠지만, 일부러 대세를 거스를 필요는 없지 않겠습니까. 삭발한 머리도 깨끗해 보이고 좋습니다."

미치스케는 천진난만한 표정으로 자신의 머리를 두드려 보였다. 메이토쿠의 난 직후 미치스케는 축발(祝髮)이라 말하며 머리를 깎았다. 그러나 그것은 표면적인 이유였다. 실제로는 히로마사의 죽음에 책임을 느꼈기 때문이었다.

이리하여 요시히로도 체발을 하게 되었다. 여러 무장과 귀족들의 영합은 불쾌하고 마음이 내키지 않는 추종이었지만 미치스케의 말처럼 머리카락 따위로 요시미쓰에게 밉보일 필요는 없다고 생각했다. 조선왕국과의 교역 문제도 남아 있다. 여전히 막부의 실권을 쥐고 있는 요시미쓰와의 관계는 그래서 더 중요했다.

오에이 4년(1397년) 7월, 요시히로는 규슈로 출병하라는 막부의 명령을 받았다. 지금까지 규슈 단다이의 요청을 받아 단속적으로 봉기하는 쇼니씨를 진압하기 위해 출동한 바는 있지만, 막부로부터 직접 명령이 내려오는 일은 거의 없었다.

쇼니, 기쿠치, 나와(名和)는 연합하여 가네나가 신노(懷良親王)의 아들 료소오(良宗王)를 받들어 히고의 야쓰시로 성(八代城)에 들어갔다. 여기에 치바, 오무라의 호족들이 따르면서 꽤 많은 무리의 남조 잔당이 움직이기 시작했다.

요시히로는 미쓰히로와 모리하루 두 동생에게 오천 명의 병사를 데리고 출병할 것을 명했다. 그러나 전선이 넓고 적의 숫자도 많아서 싸움이 길어졌다. 요시히로는 삼천 명의 군사와 함께 규슈로 향했다.

더위가 한창이었다. 전투도 전투지만, 넓은 전장을 이동하고 달리는 데 병사들은 이미 지쳐 있었다. 그러나 오토모 치카요(大友親世)의 군사와 합세하여 야쓰시로 성을 공략하고 8월 말에는 야마구치로 돌아올 수 있었다. 치쿠젠의 쇼니를 토벌하고 돌아오는 동생들의 군사와 도중에 고쿠라에서 합류했다. 그리고 미쓰히로의 전사 소식을 받게 되었다.

전장에서 자진하여 용맹하게 싸우는 형 요시히로를 본받아서인지, 미쓰히로도 후방에서 지휘만 하는 무장은 아니었다. 당시 치쿠젠의 핫타에서 쇼니씨에 맞서 싸우다, 미쓰히로는 적에게 둘러싸여 자결했다고 한다.

"미쓰히로가 죽었는가."

사람들 앞에서는 거의 흐트러진 모습을 보이지 않던 요시히로가 이때만큼은 검게 그을린 얼굴로 슬픔을 보이며 고개를 떨구고 눈물을 흘렸다.

미쓰히로가 아버지 히로요의 말에 꾀여 나가토의 사카리야마 성에 들어박혀 반기를 든 것은 이미 17년 전의 일이다. 규슈 출병 중에 요시히로는 곧장 병사를 되돌려 미쓰히로 토벌에 나섰다. 동생의 모반에 분노를 느끼면서도 진압 당시 자결하려는 동생을 그는 용서해 주었다.

과거의 잘못을 뉘우친 미쓰히로는 이후 형에게 충성을 다했다. 요시히로가 상경하여 자리를 비웠을 때 오우치를 잘 지킨 것도 미쓰히로였다. 이런 동생이었기 때문에 메이토쿠의 난에서 히로마사를 잃었을 때보다 훨씬 더 깊은 슬픔이 요시히로를 덮쳤던 것이다. 요시히로는 막부에 보고하면서 특히 동생 미쓰히로의 죽음을 강조했다. 언젠가 미쓰히로의 아들에게 쇼군으로부터 감사장이 도착할 것이라 생각했다. 그것이 유족에게 있어서 조금이나마 위로가 될 것이라 기대했다. 하지만 막부에서는 아무런 소식이 없었고, 그렇게 오에이 4년(1397년)은 저물어 갔다.

오에이 5년(1398년) 봄이 되었을 때, 요시히로는 기괴한 소식을 듣게 되었다. 그가 막부 명령에 따라 토벌한 쇼니씨와 기쿠치씨에게 요시미쓰가 은밀히 '오우치 토벌' 명령을 내렸다는 것이었다. 처음 들었을 때는 그저 웃어 넘겼다.

"아마 쇼니 일당이 오우치와 막부 사이를 갈라놓으려고 그런 말을 하고 다니는 거겠지."

"그렇게 생각하는 수밖에 없지요."

히라이 미치스케도 이렇게 말하며 웃고 말았지만, 쉰을 넘기고 난 뒤 이마의 주름이 한층 깊어진 그의 얼굴에는 흐릿한 그늘이 졌다. '혹시' 하는 마음이 들었기 때문이다. 요시미쓰가 쇼니씨 일당에게 요시히로 토벌 밀령을 내렸다는 소문은 이후에도 여러 방면에서 심심찮게 들려왔다. 요시히로는 처음에는 심각하게 생각하지 않았지만, 지금은 그 소문이 사실이 아니기를 바랐다.

그러한 와중에 더욱 무거운 소문이 흘러 들어왔다. 요시미쓰가 오우치씨에게 하사한 이즈미, 기이 두 나라를 회수하고자 한다는 것이었다.

하카타 항과 사카이 항은 세토나이카이로 이어져 있다. 해외와의 교류가 번성하면서 크게 부상한 이 두 항구를 오우치씨가 지배하는 것이 결국 막부를 위협하게 된 것이다. 지금에 와서 요시미쓰가 알아차렸다고 해도 결코 이상한 일은 아니다. 이제 웃고 있을 수만은 없다.

이즈음, 약속대로 조선의 왕이 박돈지(朴敦之)를 정사(正使)로 한 사절단을 보내 왔다. 오에이 5년(1398년) 가을이었다.

왕족의 땅

조선왕국의 사절 박돈지를 호위하며 요시히로는 상경했다. 쇼군과의 면회가 끝나고 사절 일행은 잠시 교토에 머물렀다.

한숨을 돌리고 있는 찰나, 요시미쓰가 요시히로를 불렀다. 오 년 만의 대면이다. 당시 요시미쓰는 하나노 고쇼를 요시모치에게 물려준 상황이었기 때문에 기타야마에 호화로운 별장을 지어 생활하고 있었다. 폐허가 되어 있던 사이온지 긴쓰네(西園寺公經)의 저택을 사들여 그것을 개조하고 화려하게 꾸민 것이었다. 공사에 열여섯 명이 봉공하고 또 여러 다이묘가 공사비 약 백만 관을 부담하였다고 한다. 현재의 로쿠온지(鹿苑寺, 金閣寺)에 그 흔적이 남아 있다.

요시미쓰는 마치 법황처럼 법의를 입고 있었다. 기타야마의 별장은 신덴(寢殿), 고고쇼(小御所), 덴죠노마(殿上の間), 쓰네고쇼(常御所) 등이 마련된 장려한 것으로, 상황(上皇)의 궁전인 센도고쇼(仙洞御所)를 모방한 것이었다.

덴죠노마의 가장 높은 자리에 앉은 요시미쓰는 이전보다 한층 거만한 자세로 요시히로를 내려다보았다. 앞으로 조선과의 무역을 어떻게 진행시킬 것인가에 대해 설명하는 요시히로의 말을 태연하게 들으며 가끔 고개를 끄덕일 뿐이었다. 특별히 질문도 하지 않았다. 그러나 비아냥거리듯 다음과 같은 말을 던졌다.

"규슈에서는 시부카와를 도와 꽤 많은 일을 하고 있는 모양이오."

"작년에 쇼니와 싸우면서 동생 미쓰히로를 잃었습니다."

"허, 그랬나?"

"미쓰히로의 유족에게 감사장을 보내 주시지는 않을까 하고 기다리고 있었습니다만, 아무런 소식이 없어 궁금히 여겼습니다."

"불복하는 것인가?"

요시미쓰는 노여운 기색을 드러냈다.

"불복하는 것은 아닙니다만, 크게 바라 온 것은 사실입니다."

"나는 이제 쇼군이 아니오. 미쓰히로 유족에 대한 감사장은 요시모치에게 말해 두겠소."

요시미쓰는 옆을 쳐다보았다.

'딴청을 부리다니.'

요시히로는 쇼니씨 일당에게 오우치 토벌 밀령을 내린 일이 있는가, 이즈미 · 기이 땅을 회수한다는 게 사실인가, 하고 큰소리로 따지고 싶었지만 억지로 참았다. 요시미쓰는 그런 요시히로의 마음을 간파한 듯 아주 엷은 웃음을 보이며 다시 얼굴을 돌렸다.

“그런데 오우치 도노.” 하고 새삼스레 입을 열었다.

“이 저택은 모두의 마음으로 완성된 것이네.”

“듣고는 있었습니다만, 저는 막부의 명령에 따라 규슈 출병 중이었습니다.”

“그랬지. 그래서 말인데 오우치 도노는 이번에 조선 사절단 호위 병사를 꽤 많이 데리고 왔더군. 몇 명 정도인가?”

“오백 명입니다.”

“그렇다면 부탁이 있네. 그 병사를 가지고 정원을 만들어 줄 수 있겠는가?”

“정원을, 말입니까?”

“정원을, 말이다.”

“…….”

순간 요시히로는 숨이 막혔다. 지금은 비굴하게 고개를 끄덕이며 요시미쓰에게 순종하는 모습을 보이지 않으면 안 된다. 오우치씨의 안위를 약속받을 수 있다면 눈물을 머금고 정원 노역을 해야만 한다고 판단했지만, 고약한 웃음을 보이고 있는 요시미쓰의 얼굴을 보니 절망적이게도 아주 다른 답이 입에서 튀어나오고 말았다.

“그렇게는 할 수 없습니다. 황송합니다만, 활과 화살을 가진 무사들에게 전장으로 나가라고 명령하시면 어디든 목숨을 걸고 나아가겠지만, 토목과 축정은 무사의 임무가 아니기에 그렇게 할 수는 없습니다. 삼가 죄송한 말씀 드립니다."

"허허, 싫다고 했는가. 나의 명령에 따를 수 없다고 했는가."

"전장이라면 저나 병사들 모두 기꺼이 나가겠습니다."

"역시 서국의 명족, 훌륭한 마음가짐이로구나."

요시미쓰는 여전히 웃으며 말했다. 거절할 게 분명하다고 예상하고 일부러 무리한 부탁을 한 것이라고 요시히로는 해석했다. 격노해야 할 요시미쓰가 태연한 척하는 것도 그 때문인 것이다.

이렇게 말한 이상 어쩔 도리 없다고 생각한 요시히로는 정색을 하고 입을 열었다.

"쇼군께 여쭙고 싶은 것이 있습니다."

"……."

"남북조 통일 문제에 저도 조금은 관여했다고 봅니다."

"그랬었지."

그 말이 하고 싶었는가, 하는 시선으로 요시미쓰는 요시히로를 천연덕스럽게 바라보았다.

"당시 조건으로 먼저 삼종의 신기는 양위의 의식에 따라 고카메야마에서 고고마쓰(後小松)로 전해지기로 결정되었습니다. 그러나 그 신기를 쓰치미카도 도도인 대궐에 보관하는 것은 위약이 아닌가 하고 남조의 유신(遺臣)들이 개탄하고 있다 들었습니다."

"고카메야마에게는 다이죠 텐노(太上天皇) 존호를 부여하지 않았는가."

"그것도 마지못해 한 일이 아닙니까. 은혜를 베풀고 생색을 내는 것 같다고 역시 남조 측 사람들은 굴욕스럽게 느끼고 있습니다. 그 이후 대접도 매우 소홀하다며 불만의 소리가 터져 나오고 있는 것을 알고 계신지요? 앞으로 황위를 교대로 잇자고 한 약속도 지켜지기 어려운 것은 아닌가 불신하는 분위기도 있다 합니다. 통일 조건을 짓밟는 일이 없기를, 중개 역할을 한 사람으로서 다시 한 번 진상하옵니다."

"허허, 오우치 도노도 이제 대단한 신분이 되었구나."

분수에 넘치는 말이라고 지적하고 싶은 것이다. 처음부터 요시미쓰는 통일 조건을 지킬 생각이 없었다.

"막부의 위신과도 연관되므로 드리는 말씀입니다."

"쓸데없는 걱정은 말아라. 오랜만에 교토에 왔으니 천천히 놀다가 돌아가시게."

말과는 달리 갑자기 표정이 험악해지면서 요시미쓰는 자리에서 일어났다.

끝내 말을 뱉고 말았구나, 하고 요시히로는 생각했지만 후회는 하지 않았다. 별장의 문을 나서며 뒤를 돌아보니 황폐한 채로 방치되어 있는 정원의 일부가 눈에 띄었다. 정원의 흙을 뒤엎고 있을 가신들의 모습을 상상하니 다시 부아가 치밀어 올랐다. 생각해 보니 여러 가지 소문과 이번 축정 제안은 요시히로를 화나게 만들려는 요시미쓰의 도발이었다. 자진해서 그 도발에 말려들고 말았지만, 그것도 피할 수 없는 일이었다고 요시히로는 생각했다.

조선왕국의 사절 박돈지를 호위하여 요시히로가 교토를 떠난 것은 오에이 5년(1398년) 10월 초순이었다. 그는 사절단 일행을 야마구치로 안내하고 환대하였다. 그들 일행이 무사히 귀국길에 오른 것은 11월 중순경이었다.

이것으로 요시히로가 염원하던 조선과의 무역은 마침내 궤도에 오를 수 있게 되었다. 조선왕국으로서도 가능하면 오우치씨의 제안에 응할 것이라는 긍정적인 말을 남기고 떠나는 사절에게 요시히로는 또 한 통의 서간을 맡겼다. 그것은 정종에게 쓴 것이었다. 서간의 내용을 확인한 박돈지는 깜짝 놀랐다. 어쨌든 왕에게는 전하겠다고만 답을 했다.

"무슨 부탁을 하셨습니까?"

히라이 미치스케가 물었다.

"토지를 달라고 했다."

"토지를요?"

"우리 선조가 진실로 백제 왕족이라면 그 연고지의 일부를 분여해 줄 수는 없는가 하고 조선의 왕에게 부탁하였다."

"사절은 무엇이라고 답했습니까?"

"오우치의 고전에 대해서는 지금 조선국의 사신(史臣)이 조사하고 있다. 사실이라고 확인되면 내 부탁도 들어 줄지 모른다. 아무튼 사신은 왕에게 전하겠다고 답하였다."

"원하시는 대로 땅을 분여받으면 어떻게 하시겠습니까?"

미치스케도 조금 어이가 없다는 표정을 지었다.

"어떻게 할까."

요시히로는 큰소리로 말했지만, 미치스케의 물음에는 답을 하지 않았다.

요시히로의 바람은 이루어질 수 있을 것인가.

국토의 일부를 나누어 달라는 것은 전대미문의 부탁이다.

—임성태자가 도일하였을 때 일본이 다타라 성을 나누어 준 것을 써 두었더라면 청을 승낙하지 않았을까.

요시히로가 한 가닥 희망을 걸며 속으로 이러한 책략을 세운 것은 아시카가 요시미쓰와 대결하는 게 불가피하다고 생각하였기 때문이다.

쇼군 요시미쓰는 막부를 위협할 만큼 세력이 커진 유력 슈고를 말살시켜 왔다. 바로 야마나씨의 경우가 그러하다. 야마나 토벌에 참가하여 이즈미와 기이 땅을 받아 점차 세를 늘리고 있는 오우치씨는 야마나와 같은 운명을 걷고 있는 것이다. 더는 피할 수 없는 막다른 골목으로 들어왔다고 생각한 요시히로는 더 이상 쇼군의 비위를 맞추지 않았다. 축정 명령을 거부했을 때부터 막부와의 전쟁은 시작된 것이다.

자신이 야마나 우지키요를 공격한 것처럼 은상에 눈이 먼 슈고들은 막부군이 되어 들이닥칠 것이다. 그들을 이길 방도는 없다.

당하기 전에 조선으로 망명하여 세를 불려 무로마치 막부와 대결하고 영토를 되찾는 것은 어떠한가, 하고 요시히로는 생각했다. 그것은 아시카가 다카우지가 일단 교토에서 규슈로 도망가 세력을 정비한 뒤 교토를 탈환한 것과 같은 수법이다. 다카우지는 규슈를 망명지로 선택했지만 요시히로는 조선을 선택한 것이다.

공상에 불과한 계획이라는 것은 알고 있었지만 이승의 추억으로 그러한 비책을 써 보고도 싶었다.—요시히로가 정종에게 땅을 나누어 달라고 부탁한 것은 조선왕국의 사기 『조선왕조실록』 정종 원년(1399년) 7월 10일 항목에 기록되어 있다. 요시히로가 센슈에서 막부군과 싸워 사망하기 5개월 전의 기술이다.

정종은 오우치 요시히로에게 어떤 회신을 보냈을까. 보냈다 하더라도 그 편지는 요시히로가 이미 전장의 이슬로 사라진 뒤에나 도착했을 것이다. 모든 것은 불분명하다.

— 에필로그 —

오에이의 난

건곤독보乾坤獨步●

오에이 5년(1398년)이 저물고 새봄이 찾아왔다. 정종으로부터 회신은 오지 않았다. 그래도 요시히로는 진지하게 기다리고 있었다.

그 사이 막부와 오우치씨의 관계는 점차 냉담해졌고 기타야마 별장의 정원 공사를 요시히로가 매정하게 거부한 것은 곧 소문을 통해 널리 알려졌다. 그것은 쇼군에게 좋은 구실을 만들어 주었다. 이즈미, 기이 땅을 회수할 것이라는 풍문은 언젠가 오우치 토벌이라는 비약적인 내용으로 바뀌었다.

그런 소문 따위는 귀에 들어오지 않는다는 듯 요시히로는 혼자 조용히 독서를 하면서 지냈다. 교토에 살면서 더욱 글을 좋아하게 되었고 지금은 오히려 귀족과 같은 옷매무시가 어울릴 정도가 되었다. 요시히로는 끊임없이 편지를 쓰고 있는 듯했다. 무슨 용건으로 어디와 통신을 하는지는 누구도 알지 못했다.

● 천하를 당당하게 걷는다는 뜻으로, 불서(佛書)『무문관(無門關)』에 나오는 말.

자국 엔슈로 돌아간 이마가와 료슌에게 쓴 것이 많았기 때문에 서로 시를 주고받는 것인가, 하고 히라이 미치스케는 짐작할 뿐이었다. 그렇게 싫어했으면서 료슌이 규슈 단다이에서 해임되자 그리워진 것일까, 하고 다소 미심쩍게 생각하며 먼발치에서 보고 있었다.

"어때? 건강하게 잘 자라고 있는가?"

상냥한 어조로 오미쓰에게 묻는다. 요시히로는 종종 자식들의 얼굴을 보러 갔다. 오에이 4년(1397년), 오미쓰는 그토록 바라던 아들을 출산했다. 이 사내아이는 나중에 모치모리라는 이름을 가지게 된다.

"아이를 잘 키워 주게나."

오미쓰는 요시히로의 품에서 미소 지으며 그저 고개만 끄덕였다.

"막부군과는 언젠가 전장에서 만나게 될 것이오. 지금부터 각오를 해 두어야 하오."

"막부군이 야마구치로 쳐들어오나요?"

"그것은 모르는 일이오. 어쩌면 당신의 아버지와도 적이 될지 모르지만 어쩔 수 없는 일이오. 야마구치를 떠날지 말지는 당신이 결정하도록 하시오. 자유롭게 선택하도록 하시오."

"저는 죽는 날까지 오우치의 사람입니다."

"……"

"그보다 부탁이 하나 있습니다. 전쟁이 시작되기 전에 한 번만이라도 멀리 말을 타고 같이 나갔으면 합니다."

"그러고 보니 한동안 나가지 않았군. 내일이라도 당장 말을 타십시다. 여전히 말을 좋아하는군."

다음 날 아침, 두 사람은 언제나 그랬던 것처럼 미타지리 근처까지 실컷 말을 달렸다. 두 말의 밤색 털빛에 맺힌 땀은 햇빛을 받아 반짝거렸다. 말이 들판을 질주한다. 오우치의 고향에서 잠시 동안 평온한 봄 풍경을 즐기는 것은 이날 하루가 마지막이었다. 요시히로에게 멀리서 손님이 찾아와 밤늦게까지 이야기하는 날이 이어졌다.

손님이 돌아가자 요시히로는 오유키의 방을 찾았다. 오미쓰와 함께 말을 타고 나간 걸 이미 알고 있는 눈치였다. 매우 언짢아 보였다.

"아마 오미쓰 님께서 부르셔서 가신 것이겠지만 늘 아픈 저에게 일부러 다정한 모습을 보여 주시는군요."

"당치도 않는 소리구나."

요시히로는 온화하게 말했다. 이제 엄하게 꾸짖을 필요도 없을 것 같다고 생각하며 억지로 냉정함을 찾으려 했다. 구로(九郎, 모치요)가 태어난 직후부터 오유키의 몸은 허약해졌고 줄곧 누워 지냈다. 해를 거듭할수록 신경질적으로 변해 하녀들도 어찌할

바를 모른다는 소문은 익히 듣고 있었다. 때문에 요시히로의 발길이 뜸해진 것도 사실이었다.

항상 신경을 곤두세우고 있기 때문인지 오유키의 낯빛은 창백해져만 갔다. 교토의 산죠가에서 처음 오유키를 만났을 때의 얼굴은 거짓말처럼 사라지고 말았다. 눈을 치켜뜨고 질투 섞인 말을 늘어놓는 표정은 추하게 보이기까지 해서 요시히로는 마음이 아팠다.

오유키가 낳은 아이는 이미 여섯 살이 되어 있었다. 부모의 용모를 닮아 총명한 얼굴이었지만 호리호리한 게 여자아이와 같은 느낌도 있었다. 아이는 어른스럽게 어머니 옆에 앉아 있다. 말을 걸어도 큰 눈을 동그랗게 뜨고 아버지를 바라만 볼 뿐이다.

오유키에게도 전쟁 이야기를 털어놓았다. 여자들에게만큼은 미리 이야기해 두고 싶었다. 빨리 마음을 결정할 수 있도록 배려해 주고 싶었던 것이다.

"부디 막부와의 대결은 그만두십시오."

오유키는 역시 이렇게 말했다.

"가능하면 그렇게 하고 싶소만, 싸우는 것이 내 본분 아니겠소. 저쪽이 용서치 않을 것이오."

"여기 있는 구로가 가엽지도 않습니까."

"싸우는 것이 무가의 일 아니겠소."

"그렇다면 구로에게 대를 물려주겠다고 확실히 정해 주십시오."

오유키는 정실의 아들 마고타로가 신경 쓰이는 모양이었다. 마고타로는 요시히로의 아명(兒名)이다. 그 이름을 뒤에 태어난 오미쓰의 아들에게 붙인 것을 보면 요시히로의 의중은 대충 짐작할 수 있었다.

"대에 관한 것은 모리하루와 함께 의논해 보겠소."

요시히로는 애매하게 대답했다. 가능하면 적통인 오미쓰의 아들이 이어 주었으면 했지만 그것은 동생 모리하루가 결정하기를 바랐다. 구로와 마고타로가 성인이 된 뒤, 누가 오우치의 당주에 적합한지는 뒤에 남는 자가 판단하는 수밖에 없다.

"그럼 일어나겠다."

요시히로는 자리에서 일어났다. 오유키가 붙잡으면 다시 앉을 작정이었지만 그런 기미는 보이지 않았다. 오유키는 이미 예전부터 요시히로가 몸을 만지는 것을 싫어했다. 문란할 정도로 쾌락에 빠져들었던 교토 시절이 먼 꿈처럼 느껴졌다.

그런 오유키에 비하면 오미쓰는 항상 건강하고 쾌활한 성격을 잃지 않았다. 그리고 요시히로와 보낼 밤을 손꼽아 기다렸다. 요시히로의 결심을 알고 난 뒤에는 조신한 태도를 버리고 격렬하게 요시히로를 원했다.

요시히로는 내심 놀랐지만 대담한 표정으로 다가오는 오미쓰를 맞아 짧은 생명을 불태우듯이 매일매일 탐닉했다. 그는 자신에게서 떨어져 나가는 것들을 느긋하게 바라보고 있었다. 키워 온 야망이 언젠가부터 자취를 감추고 말았다. 그리고 언제든지 죽을 수 있다는 기분이 이상할 만큼 고양된 밝은 기분을 느끼게 했다.

상경하라는 요시미쓰의 명령이 여러 번 있었다. 그것을 묵살하던 요시히로가 드디어 움직이기 시작한 것은 오에이 6년(1399년)의 9월이 끝날 무렵이었다.

야카타에서 군사회의를 하는 가운데, 동생 모리하루와 모리시게를 비롯한 중심 가신들을 모아 놓고 요시히로는 출병의 뜻을 전했다.

"나는 히로시게, 히라이 미치스케, 스에 히로나가, 스기 시게쓰라, 스키 빗츄(杉備中), 노가미 부젠과 오천 명의 군사를 데리고 센슈로 쳐들어갈 것이다. 빈자리는 나의 동생 모리하루에게 맡기겠다. 나에게 무슨 일이 있건 스오, 나가토만큼은 사수해 다오."

"이즈미, 기이 땅은 그만 포기하시고 서국에서 막부와 대항하는 방법은 없습니까?"

출병하지 않는 가키나미 요사부로(柿並與三郎)가 물었다.

"그래서는 결말이 나지 않는다. 지금 할 수 있는 방법은 상경하는 것뿐이다. 이미 가마쿠라 조정의 아시카가 미쓰카네(足利滿兼)도 나를 돕기 위해 병사를 서쪽으로 보냈고, 단바의 미야타

도키키요(宮田時清), 미노(美濃)의 도키 아키나오(土岐詮直), 오우미(近江)의 교고쿠 히데미쓰(京極秀満) 등, 그 외에도 남조에 남아 있는 가신들이 막부 토벌 병사를 일으킬 것이다."

가신들 사이에서는 탄식이 흘러 나왔다. 요시히로가 거기까지 음모를 꾸미고 있으리라고는, 히라이 미치스케 등 일부 가신을 제외하고는 거의 알지 못했기 때문이다. 미치스케 등이 이 일을 알게 된 것도 최근의 일이다.

여러 방면에 편지를 쓰고 몰래 사람을 만난 것은 이러한 준비를 하기 위해서였던가, 하고 새삼 느끼는 바도 있었지만 노신들에게 상의도 하지 않고 독단적으로 사태를 진행시킨 데 대해서는 불만이 없지 않았다.

"생각을 거듭한 끝에 결정한 것이다. 모두 반대한다면 출병은 취소하고 혼자 올라가겠다. 어차피 살아서 돌아오지는 못할 테니 그편이 좋겠다."

"이렇게 된 이상, 사카이까지 출병합시다."

미치스케가 어쩔 수 없다는 듯이 말을 하자 다른 무장들도 찬동하여 출병을 결심했다.

교토에 있는 요시미쓰는 이런 움직임을 당연히 알지 못했다. 반항의 태도를 점점 노골적으로 드러내는 요시히로가 뭔가 계략을 꾸밀 것이 틀림없다고 여기고는 있었다. 상상을 초월하는 대규모 반란 계획이 진행되고 있는 것을 가만히 지켜보고 있는 것은 전 규슈 단다이 이마가와 료슌뿐이었다.

요시히로가 료슌에게 음모를 이야기한 것은 전년 11월, 귀국길에 오른 조선왕국의 사자를 배웅한 직후였다. 뒤에서 료슌의 규슈 단다이 파면에 힘을 쓴 요시히로였지만, 이러한 이야기를 그에게 꺼낸 것은 요시미쓰에게 강한 불만을 안고 있는 료슌의 심리를 이용할 수 있겠다고 판단했기 때문이다. 생각했던 대로 료슌은 요시히로에게 말려들었다.

그러나 료슌은 직접 음모에 가담하지는 않고 요시히로와 가마쿠라 구보 아시카가 우지미쓰를 이어 주는 역할만 해 주었다. 평소부터 막부에 반항적인 태도를 보이던 우지미쓰는 요시히로와 함께할 것을 승낙했지만 곧 사망했기 때문에 그의 아들 요시카네가 유지를 이어받아 요시히로와 공모하게 되었다. 오우치군이 봉기하였다는 소식이 전해지면 곧장 간토에 병사를 일으켜 교토를 위협한다는 작전이었다.

사카이에 출병하는 자와 스오에 남는 자. 무장들은 서로 이별의 술잔을 주고받았다. 그 자리에서 요시히로가 말했다.

"요시미쓰는 도기, 야마나의 세력을 시샘하여 토벌을 거듭해 왔고, 이번에는 우리 오우치씨를 노리고 있다. 권력을 가진 사람이 이유 없이 행하는 처사 때문에 고통스러워하는 자가 앞으로도 계속 있겠지만, 우리들은 그저 앉아서 막부군을 기다릴 수는 없다. 가마쿠라 구보는 이미 병사를 일으켜 준비를 마쳤고 다른 나라에서도 병사가 일어날 것이다. 천명을 받들어 폭란에 종지부를 찍고 나라를 평정하기 위해서라도 우리는 싸워야만 한다."

"규슈와 쥬고쿠의 영토는 우리들이 사수하겠습니다. 안심하고 싸워 주십시오."

나라를 지키게 된 모리하루가 결의를 피력했다. 긴박한 분위기 속에서 비통한 이별의 술잔을 주고받았다. 호쾌하게 술에 취한 무장들 사이에서 히라이 미치스케만큼은 침울한 표정을 띠고 있는 것을 요시히로가 발견했다.

무장 병사를 대거 이끌고 사카이로 출동하겠다고 요시히로가 말을 꺼냈을 때, 미치스케는 이 정도로 사태가 진전되어 있다면 어쩔 수 없다며 찬동해 주었다. 선대 히로요를 모시던 미치스케는 요시히로의 측장이 되어 충성을 다해 주었지만, 그것은 그저 요시히로 한 사람을 위해서라기보다 오로지 오우치가를 따르고자 하는 의지가 있었기 때문이었다.

경우에 따라서는 이 명족이 멸망할 수도 있다. 아니, 그럴 가능성이 크기 때문에 이번 전쟁은 미치스케의 마음을 매우 무겁게 만들었다.

'이제 물러서지 못한다.'

요시히로는 술을 입에 담으며 생각했다. 이제 와서 출병을 내키지 않는 듯 행동하는 미치스케가 조금은 불만스러웠다.

요시히로는 가마쿠라 구보의 군사와 함께 동서에서 막부를 협공하는 작전에 사활을 걸었지만 한편으로는 최악의 사태를 각오하고 있었다.

'승패는 하늘에 달려 있다.'

그렇게 생각하기로 했다.

다음 날 아침, 요시히로 일동은 모두 모여 후루쿠마 신사(古熊神社), 야사카 신사(八坂神社)에서 전승을 기원하고 젠쇼지(禪昌寺)에 참배했다. 후루쿠마 신사는 아버지 히로요가 야마시로(山城)국의 기타노 텐진(北野天神)을 권청(勸請)한 것이다. 야사카 신사 역시 히로요가 교토의 야사카 신사를 권청하여 기온샤(祇園社, 야사카 신사의 구 명칭)라고 부르기도 한다.

신전에 절하고 있자, 어딘가에서 냉랭하다고도 말할 수 있는 격려의 목소리가 들리는 듯했다.

'생각한 대로 잘해 왔다. 결심한 대로 싸우고 오거라.'

신이 아니라 히로요의 목소리 같았다. 작으나마 스오와 나카토의 땅을 다지며 만족하려 한 자신을 따르지 않고 행동을 넓힌 끝에 종국에는 막부와 갈등을 빚게 된 요시히로를 책망하고 있는 듯했지만, '부모를 닮지 않은 자식'의 마지막을 조용히 지켜보는 아버지의 모습이 녹아 있는 것 같기도 했다. 어릴 때부터 요시히로에 대한 사랑과 기대로 무언의 위압을 가해 온 아버지 히로요의 체취가 요시히로는 점점 그리워졌다.

그날, 신사 참배를 마친 뒤에 찾은 젠쇼지는 요시히로 자신이 교토에서 승려 죠쇼(定紹)를 불러 창건한 사원이었다.

요시히로는 죠쇼를 믿고 따랐다.

창건 당시, 요시히로가 많은 영지를 기부하려 했을 때, 죠쇼는 그것을 거절하고 일 년에 봄가을 두 번만 스오와 나가토의 땅을 행각(行脚, 여기저기 돌아다니며 수행함)할 수 있도록 허락을 구했다. 이 승려에 대한 요시히로의 존경은 더욱 깊어졌다. 이번 출병에 대해 죠쇼가 어떻게 생각할지 요시히로는 기도하는 심정으로 귀를 기울였다.

“이렇게 된 이상, 죽는 것을 두려워하지 않는 금강심을 가지고 임하도록 하시오. 모든 것은 무(無)라고 생각하고 굳게 결심하시오.”

죠쇼는 많은 말을 하지 않았다. 그리고 다음과 같은 네 글자를 써서 요시히로에게 주었다.

—건곤독보(乾坤獨步)

그것은 『무문관(無門關)』[선종의 공안(석가모니의 언어와 행동)을 모은 불서]의 일절이었다. 요시히로는 과거의 자신의 삶과 앞으로의 삶을 표현한 것이라 생각하고, 상쾌한 기분으로 그 말을 받아들였다.

다음 10월 3일, 오천 명의 군병이 미타지리에 집결했다. 항구에는 그들을 태울 크고 작은 배 삼백 척이 혼잡스럽게 정박해 있었다. 그 가운데 백여 척은 세토나이카이의 해적 무라카미 당(黨)

의 것이다. 원래 해적은 남조 편이었지만 지금은 무로마치 막부로부터 바다의 권익을 인정받아 특별히 막부에 반대하는 자세를 보이지는 않는다. 그러나 무라카미가는 남조의 유신 기타바타케 아키나리(北畠顯成)가 그 집안을 이어받기도 해서 내부적으로는 미묘하게 흔들리고 있었다.

요시히로는 남북조 통일의 조건을 요시미쓰가 지키지 않고 있는 것을 들며 이것을 간언하기 위해 봉기를 일으키는 것이라고 그 이유를 설명했다. 무라카미 당은 직접 전열(戰列)에 서는 것은 곤란하지만 병력 수송에 힘을 보태겠다고 전했다. 지금까지 오우치씨와 대치하던 규슈의 기쿠치씨도 요시히로의 뜻에 따라 주었고, 구스노키씨(楠木氏)를 비롯하여 남조의 유신들이 사카이에 집합한 것도 통일 후의 불만과 분노 때문이었다.

영토를 지킬 사람들을 이끌고 모리하루가 배웅을 나왔다.

"이 몸은 이제 생환을 기대하지 않는다."

요시히로는 작은 목소리로 말했다.

"그런 말씀 마십시오. 형님은 지금까지 여러 전장을 누빈 불사의 무사이십니다."

요시히로와 닮은 강인한 몸을 흔들며 모리하루가 웃었다.

"잘 들어라. 언젠가 정종으로부터 국토의 일부를 분여한다는 답이 올 것이다. 막부의 군사가 대거 몰려와 스오와 나가토를 습격하면 맞서 싸우지 않으면 안 된다. 그러나 그대로 멸망할 것

같으면 일단 조선으로 도망가는 것이 좋다."

"토지 분여를 부탁하신 것은 이 때문입니까?"

모리하루는 놀라고 또 기가 막히기도 해서 요시히로를 바라보았다.

"오우치의 명분은 그 땅에서 몸을 보전하고 세토나 규슈의 해적들을 불러 모아 대군을 만들어 다시 영토를 회복하는 것이다. 언젠가 왜구의 세력과 함께 도전한다면 아시카가 같은 것은 몰아내 버리고 우리가 교토에 앉을 수도 있다."

이렇게 말하면서 요시히로는 대담한 미소를 지었다.

"그런 것까지 생각해 두셨습니까? 그렇다면 형님 손으로 그 야망을 이루십시오. 정작 무슨 일이 생기면 사카이를 버리고 귀국하십시오."

"아니, 사카이에서 벌어지는 전쟁은 결코 포기하지 않는다. 그야말로 이 몸을 버릴 각오로 임하지 않으면 안 된다. 생사를 건 한판 승부다. 뒷일을 부탁하네."

이 말을 남기고 요시히로는 배에 올랐다. 갈색 명주 갑옷에 5겹 목가리개 투구. 지금까지 어느 전장에서도 보지 못한 차림새다. 2척 8촌의 칼과 3척 1촌의 언월도도 그러했다. 그 언월도는 메이토쿠의 난에서 고바야시 슈리노스케의 목을 벤 것으로, 그 이후 칼에 '고바야시'라는 이름을 새롭게 새겨 넣었다.

서풍을 안은 배들이 뿌연 아침의 미타지리 항구를 빠져나간다. 물가에 서서 배웅을 하는 자들이 원정을 응원하는 함성을 질렀다. 배에 탄 병사들은 그 함성에 답하기 위해 한 목소리로 소리를 내질렀다. 다시 저쪽 함성이 해면을 타고 배로 전달되었다.

점점 멀어지는 육지의 함성을 들으며 작아져 가는 스오의 산맥을 바라보니, 요시히로는 만감이 교차하는 느낌이 들었다. 저 산 너머에는 작은 교토 야마구치가 조용히 자리하고 있는 것이다.

오미쓰에게도 오유키에게도 배웅하지 말도록 일러두었다. 어린 마고타로와 구로를 안고 출진하는 요시히로에게 무언으로 뜨거운 눈빛을 보내던 오우치 야카타의 풍경이 눈에서 떠나지 않는다.

오우치 야카타를 중심으로 분지 사방에는 신사(紳社)나 불각(佛閣)이 자리하고 있고 교토의 가모가와를 모방한 이치노사카가와 양편에는 가로세로가 정연한 야마구치의 시가지가 거의 완성되어 가고 있었다. 큰길과 작은 길을 따라 늘어선 사무라이들의 집과 버드나무는 교토를 연상시키는 풍경이다. 이 또한 더욱 아름답게 정리되어 가고 있었다.

작은 교토는 아버지 히로요가 그린 소박한 꿈 중 하나였다. 아버지의 유지를 이어받아 마을을 만들기 위해 공을 들인 것이 그나마 효도라고 할 수 있지 않을까, 하고 요시히로는 생각했다. 그러나 막부와 대결하게 된 지금, 겨우 만들어 놓은 작은 교토도 어쩌면 불에 휩싸일지 모른다.

'그때에는 조선왕국으로 잠시 난을 피하러 가면 된다.'

백제 왕족의 피를 이은 동포로서 정종은 모리하루가 이끄는 오우치 일족을 따뜻하게 맞아 줄 것이 틀림없다. 이러한 생각은 물론 요시히로가 혼자 상상한 것에 지나지 않는다. 정종으로부터는 여전히 소식이 없다. 침묵으로 거절의 의사를 표하는 것 같았다. 그래도 요시히로는 언제까지나 희망을 버리지 않았다. 그렇게 기대하면서 사지로 향하는 여행을 서둘렀다. 바로 지금도 여전히 요시히로의 영토인 센슈 사카이로 가는 것이다.

강력한 막부와 대결하기로 결심한 오우치씨의 배들은 점차 세차게 불어오는 바람을 가르고 속도를 올리며 세토나이카이를 쏜살같이 달렸다.

상륙

오에이 6년(1399년) 10월 12일, 오우치 요시히로는 오천 명의 병사를 이끌고 사카이에 상륙했다.

사카이는 남과 북이 기슈 가도(紀州街道, 오사카와 와카야마를 잇는 길) 사이에 놓여 있고 서쪽이 바다로 열려 있다. 동쪽은 후카다(深田)라 불리는 저지대 논으로, 길이 통하지 않는다. 때문에 동쪽의 후카다나 서쪽의 바다에서 공격당할 위험은 적지만 큰 길로 연결된 남북은 무방비나 마찬가지인 지형이었다.

야마나 우지키요의 경우에는 이러한 사카이를 떠나 전장을 교토로 삼고 적극적으로 진격하여 전멸당하고 말았다. 말하자면 그들은 죽으려고 자진해서 나선 것이다. 요시히로는 사카이에 자리를 잡고 교토를 위압할 작정이었다. 상륙하자마자 작전회의를 열었다.

"가와우치(河內)의 다카야마(高山)를 빼앗고, 도죠(東條)와 쓰치마루(土丸)에 진을 치면 이즈미, 기이 양 지방을 잡을 수 있고 사카이우라(堺浦) · 기요미즈우라(淸水浦)와 쥬고쿠(中國)의 해상 연락망을 확보할 수 있어서 유리하지 않을까요?"

이렇게 주장한 것은 요시히로의 동생 히로모치(弘茂)였다. 이 의견에는 히라이 미치스케가 반대했다.

"다른 나라의 성을 빼앗는 것은 아군에게도 큰 부담이 됩니다. 군사를 밖에 두면 사카이 방어도 허술해져 오히려 불리합니다."

"그렇다면 사카이를 버리는 것은 어떻습니까?"

이렇게 말을 하는 자는 스기 분고였다. 그는 오우치 군사가 철퇴하는 것처럼 속이며 배를 타고 아마가사키(尼ヶ崎)에 상륙하여, 사카이를 공격하러 오는 적을 배후에서 습격하자는 의견을 내었다. 이번에도 역시 미치스케가 반대했다. 히로모치, 분고와 같은 젊은이들은 사카이로부터 출전하자고 주장했지만 미치스케는 어디까지나 사카이를 지키는 것이 전술상 가장 유리하다며 양보하지 않았다.

"천시(天時)는 지리를 따르지 못하고 지리는 인화를 따르지 못한다. 즉, 인화가 매우 중요합니다. 오우치는 사카이의 슈고가 된 이후 민심을 사로잡았습니다. 게다가 여기에는 식량과 목재도 풍부합니다. 이를 이용하여 남북을 지키는 성곽을 쌓는 것이 좋지 않겠습니까? 사카이 사람들도 도와줄 것입니다."

"성곽을 만들려면 수로도 필요하지 않습니까?"

히로모치가 물었다.

"수로를 만드는 것이 가장 좋지만, 그럴 여유가 없기 때문에 대신 세이로(井樓), 야구라(箭櫓)를 만드는 것이 좋을 듯합니다. 백, 이백, 아니 천 개를 넘게 만드는 것입니다."

"그 생각이 좋다. 사카이를 사수하는 것은 처음부터 각오해 오던 바다."

요시히로는 미치스케의 안에 찬성했다. 이것으로 작전회의는 끝났다. 그날 목재를 모으고 수백 명을 동원하여 열흘 동안 밤낮을 가리지 않고 작업하여 세이로 48개, 야구라 1700개를 완성시켰다.

세이로는 얼마간 세심하게 공을 들여 만든 커다란 성루(城樓)이며, 야구라는 한 두 명의 병사가 숨어 접근해 오는 적의 머리를 활로 공격하는 전루(戰樓)이다. 이중 삼중으로 숲처럼 에워싼 탑은 기묘한 위용을 드러내며 사카이 마을을 요새로 만들었다. 일만 호의 민가와 논밭까지 끌어안는다는 생각은 지금껏 그 누구도 하지 못한 것으로, 커다란 성곽이 홀연히 나타난 것이다.

"우리 병사 오천 명이 여기에서 버티면 백만 명의 군사가 와도 쉽게 함락시키지 못할 것이다."

요시히로가 만족한 듯이 세이로를 보았다. 이런 요시히로에게 쇼고쿠지(相國寺)의 승려 젯카이 츄신(絶海中津)이 요시미쓰의 사신 자격으로 찾아왔다. 싸우지 말고 대화를 하자는 요시미쓰의 의향을 전하러 온 것이다.

"이제는 소용이 없다는 걸 이미 쇼군도 잘 알고 있을 것이오."

요시히로는 조용한 어조로 답했다.

"오우치 도노. 기대를 버리시면 안 됩니다."

츄신은 요시히로의 결심이 흔들리지 않는다는 것을 간파한 듯, 곤혹스러운 표정을 드러내며 타이르듯이 말했다.

"기대를 버리게 만든 것은 다름이 아닌 쇼군이시오. 나는 열여섯에 사천 명의 군사를 이끌고 단다이와 함께 규슈에서 싸움을 시작한 이후 지금까지 삼십 년간 이곳저곳을 다니며 스물여덟 번의 전쟁을 치렀소. 마침내 규슈를 평정하여 충심을 다하고 있는 것은 세상이 다 아는 일. 또 남북조의 화목을 위해 꽤나 많이 노력해 왔소. 그 이후에도 쇼니, 기쿠치 진압 명령에 따라 교토에서 규슈로 건너가 이들을 토벌했소. 그런데도 쇼니, 기쿠치에게 은밀히 명령을 내려 나를 처리하라 했다는 소문이 나돌고 있소. 삼십 년간 둘도 없는 충절로 임한 나에게 어떠한 경위로 이런 취급을 하시는지, 게다가 이즈미와 기이 땅은 내가 목숨을 걸고 야마나 우지키요와 싸운 공을 인정하여 쇼군이 내린 것 아니오. 그것을 이내 몰수하다니. 그리고 또 한 가지. 쇼니 퇴치 당시, 동생 미쓰히로가 전사했음에도 불구하고 그 아들은 훈상도 받지 못했소. 그리고 또……."

요시히로는 자신도 모르게 흥분해서 요시미쓰에 대한 불만을 길게 늘어놓고 있었다. 츄신은 묵묵히 듣고 있다가 입을 열었다.

"기쿠치와 쇼니에 내린 밀령과 이즈미 · 기이 몰수 등은 풍문에 불과합니다. 그런 소문에 현혹되어서는 안 됩니다."

"현혹된 게 아니오. 기타야마 별장을 만드는데 축정의 노역을 일부러 오우치에게 부과하는 것은 권력으로 난제를 맡기는 소행 아닌가."

"저도 오우치 도노의 마음을 이해합니다. 그러니 다시 한 번 말씀드립니다. 쇼군과 이야기를 나누어 보시지 않겠습니까?"

"쇼군에게 정치의 도리를 간하기 위해 간토에서도 뜻을 같이하는 자들이 나타났소. 지금에 와서 약속을 어길 수는 없소이다."

"……."

"내가 지금 말한 것은 한 마디도 빼지 말고 돌아가서 그대로 전해 주시오."

"참으로 애석하게도 더는 방도가 없다고 여겨집니다만, 후일 생각이 바뀌면 이 승려가 꼭 돕도록 하겠습니다."

그 말을 남기고 츄신은 빈손으로 돌아갔다.

"츄신의 말대로 한 번만이라도 쇼군과 만나 얘기해 보는 것이 어떻습니까? 저도 같이 가겠습니다."

히라이 미치스케가 말했다.

"제발로 주살당하러 가라는 것인가?"

"설마 그런 말을……."

"설마라고 생각되는 말을 하고 있지 않는가."

"……."

"미치스케라는 자가 판단력이 흐려지다니. 그렇다면 말해 두겠다. 만약 쇼군이 화해를 구하러 온다고 해도, 나는 그를 살려서 돌려보내지 않을 것이야. 전쟁은, 이미 시작되었다."

요시히로는 의향을 살피는 눈초리로 미치스케를 바라보았다. 삼십 년간 전장에서 함께해 온 이 용사가 겁을 먹고 있다고 생각하지는 않았다. 그는 처음부터 이번 출병에 마음 내키지 않는 태도를 보여 왔다. 이제 와서 후회도 해 보지만, 역시 요시히로에게 있어 미치스케는 필요한 무장이다. 지금까지 그는 늘 전장에서 함께 죽어 주겠노라고 말해 주었지만 이번만큼은 그런 말도 하지 않았다.

"미치스케, 무슨 생각을 하고 있는가."

요시히로는 부드러운 목소리로 아버지와도 닮은 노장에게 호소하듯 말했다.

"가마쿠라 구보는 신뢰할 수 없습니다."

잠시 침묵을 지키다가 미치스케가 말했다.

"아마 그럴 것이다."

요시히로는 솔직하게 답했다.

오우치군이 야마구치를 출발할 때 가마쿠라 구보도 일만 명의 병사를 이끌고 결기하여 교토 배후를 공격하기로 되어 있었지만 그런 기색은 전혀 보이지 않았다.

“지금까지 치른 전쟁에는 희망이 있었습니다. 이번에는 희망이 없습니다. 그런데도 오천 명의 군사를 그저 죽게 만드는 것은 참기 힘든 일이라 생각되지 않으십니까?”

“그저 죽는 것이 아니다. 후세를 위해 잘못된 정치를 바로잡는 것이다. 개죽음으로 끝나지 않아.”

“그것을 천하에 알리는 게 목적이라면 대군과 함께 사카이를 지키는 것만으로도 충분하다 생각하고 지금까지는 가만히 따라왔습니다.”

“…….”

“오늘 저는 불온한 생각을 품었습니다.”

갑자기 미치스케는 엎드려 고개를 들었다. 눈에는 눈물이 맺혀 있었다.

“그만두어라, 미치스케!”

요시히로는 그의 말을 가로막았다. 미치스케가 쇼군과 만나보라고 권유한 것은 자신과 함께 주살당하는 것으로 오천 명의 병사의 목숨을 구하자는 의미였던 것이다. 이런 생각을 요시히로에게 고백하고 미치스케는 그 자리에서 할복할 작정이었다.

“미치스케, 나의 장례 준비를 하여라.”

요시히로는 웃으며 말했다.

“장례식 말입니까?”

“마지막 놀이라고 생각해 다오.”

"놀이라고는……."

미치스케는 마지못해 말하며 자세를 고쳤다.

요시히로가 말한 장례는 미나토마치(湊町)의 혼교지(本行寺)에서 정식으로 이루어졌다.

"전쟁이 시작되기 전에 미리 장례를 치르는 것은 드문 일입니다."

미치스케가 이렇게 말하며 웃었다. 언제 그랬느냐는 듯이, 출진 이래 처음으로 그다운 얼굴로 돌아와 있었다. 병사들도 사카이에서 죽을 각오를 해 주고 있구나, 하고 요시히로는 안심하였지만 생각해 보니 미치스케가 한 말이 가슴속에 깊이 박혀 있음을 느낄 수 있었다. 미치스케의 말은 어찌하여 희망이 없는 전쟁에 오천 명의 병사를 동원한단 말인가, 병사들은 좌절된 요시히로의 야망과 함께 사라질 제물이란 말인가, 라고 책망하는 것이었다.

미치스케는 그간 히로요의 명령에 따라 요시히로의 곁에서 도리를 다하면서도, 항상 냉정함을 유지했고 또 젊은 주군의 일거수일투족을 지켜보아 왔다.

요시히로는 '미치스케는 역시 아버지의 신하로구나.' 하고 생각했다.

야마구치를 떠나기 전 미리 말해 주었더라면 어쩌면 사카이 출병은 그만두었을지도 모른다는 생각이 문득 들었다.

'아니, 어쩔 수 없는 입장에 몰려 이 길을 택할 수밖에 없었다.' 하고 자위하면서 쇼군을 위해 싸우던 메이토쿠의 난을 회상했다. 희망이 없는 반란이라는 걸 알면서도 교토를 공격하던 야마나 군사들은 참으로 용감했다.

전장에서 죽는 것을 숙명이라 여기는 무사라면 목적이나 승패를 떠나 그런대로 아름답게 죽는 것이 보람 있는 생애가 아닌가 하고 요시히로는 생각을 고쳐 먹으면서, 미치스케와 같이 오로지 병사를 애처롭게 여기는 것만이 병사를 사랑하는 것은 아니라고 그다운 결론을 내렸다.

살아 있는 요시히로의 장의와 그 후 7일째 되는 날의 법요가 끝나고, 시에 소양이 있는 자들이 슈고 야가타에 모여 렌가 대회를 열었다. 그 자리는 밤을 새워 가며 이틀 동안 이어졌다. 요시히로는 이상할 정도로 샘솟듯이 시를 줄줄 읊었다. 그가 만든 시는 천 구의 렌가가 되었다.

그리고 병사 모두는 가족에게 유서와 유품을 남겼다. 그것들을 실은 배가 사카이 항을 출발한 그날 밤, 병사에게는 많은 술이 베풀어졌다. 밝은 취기가 광대한 성내에 넘쳐흘렀고 오우치 전사들은 여느 때와 마찬가지로 의기양양한 기세를 유지하며 날이 밝아 올 때까지 요란하게 떠들었다.

젯카이 츄신은 요시히로가 말한 대로 그의 말을 고스란히 쇼군 요시미쓰에게 전했다. 사자로 보낸 승려의 보고를 받고 오우치 요시히로의 생각이 확고함을 확인한 요시미쓰는, 관령 하타케야마 모토쿠니, 시바 요시유키 등에게 명령을 내려 이미 모여 있는 병사 삼만 명을 이끌고 11월 8일에는 도지(東寺)에 진을 치고 14일에는 야하타(八幡)에 본영을 옮겨 요시히로의 움직임을 주시하고 있었다.

그리고 서편의 오사카 만에서는 시코쿠(四國) · 아와지(淡路)의 해적들을 불러 모아 사카이 항을 봉쇄하게 했다. 그러나 항구에 대기하던 오우치의 군함에는 무라카미 해적도 있었기 때문에 쉽게 접근할 수 없었다. 바다에서 공격당하는 일은 일단 없을 것이라 판단했다.

가마쿠라 구보 미쓰가네는 일만 명의 병사와 함께 우선 가마쿠라를 출발했지만, 그 이후부터는 별 다른 움직임을 보이지 않았다. 그러나 미노의 도키 아키나오, 단바의 야마나 도키키요, 오우미의 교고쿠 미쓰히데 등은 이를 계기로 책동하고, 와카사(若挾)도 크게 움직였다. 이 때문에 사카이 포위에 참가한 도키 요리마스(土岐頼益)는 미노로 돌아가고 교고쿠 다카노리(京極高詮)는 오우미로 서둘러 돌아가야 했다.

오우미에 돌아간 교고쿠 다카노리의 세력 또한 미더워 보이지 않았기 때문에 요시미쓰는 오가사하라 나가히데(小笠原長秀)에게 동행을 명령했다. 사카이 전쟁의 중요함을 인식하자 이내 나가

히데를 다시 불러들인 것이었다. 막부군은 처음 생각했던 것보다 사카이 공략이 어렵다는 것을 점차 깨닫기 시작했다.

막부군에 의한 제1차 공격은 11월 29일 묘시(오전 6시)부터 시작되었다.

성을 지키는 병사들은 야구라에서 격렬하게 활을 쏘아 댔고 밀려들어 오는 막부군을 몹시 힘들게 만들었다. 그러나 북쪽에서 치고 오는 관령 하타케야마 모토구니의 병사 이천여 명 때문에 제1, 제2 성문이 무너졌고 제3 성문도 위험에 처했다. 성내에 있던 스기 시게쓰라, 노가미 부젠 등이 나가 맹렬하게 맞서 하타케야마씨의 가신 유사(遊佐)를 비롯하여 칠백 명의 병사에게 부상을 입히고 격퇴시키자, 이번에는 야마나의 군사 오백 명이 습격해 왔다. 성내 군사들은 고전하고 있었던 것이다.

요시히로는 이백 명의 군사와 함께 성내를 달리면서 지휘했지만 북쪽의 전황을 듣고 급히 원조에 나섰다. 적은 기타바타케 다이나곤(北畠大納言)과 그를 따르는 병사 삼백 명이 새로 합세하여 한꺼번에 성내로 난입하려던 찰나였다. 요시히로는 그의 장기인 대언월도를 휘두르며 돌진하여, 먼저 기타바타케 소장의 투구를 정면에서 찔러 즉사시키고, 옆에 무리지어 있던 졸병들을 닥치는 대로 쓰러뜨렸다. 스기, 노가미 병사들도 기세를 몰아 막부군을 날카롭게 공격하여 북쪽의 싸움은 일단락되었다.

다음 날은 비가 왔다. 냉기와 정적이 사카이를 감쌌다.

동쪽의 밭은 골짜기에 있었다. 비 때문에 깊은 진창지대가 되어 아주 좋은 수로 역할을 할 수 있게 되었다. 막부군은 여기에 길을 만들려는 듯했다. 그리고 그 공사에 투입된 것은 이마가와 나카아키였다. 그는 오미쓰의 아버지이다. 요시미쓰도 그것을 고려하여 나카아키가 정면 공격에는 나서지 않도록 지시했다 한다.

"치고 나갑시다."

히로모치가 말했다.

"놔 둬라. 쉽게 길이 만들어지지도 않을 터이니."

요시히로는 아무렇지도 않은 듯이 답했다.

오에이 6년(1399년), 섣달도 앞으로 열흘 정도밖에 남지 않았다.

사카이, 불에 휩싸이다

수로가 없는 성 따위는 아무것도 아니라고 사카이 성을 무시한 막부군은 11월 29일의 공격에서 많은 피해를 입었다. 이를 교훈 삼아 다시 성을 공격하기 위해 신중한 준비가 진행되었다. 기회를 노리고 있었지만 이어지는 비 때문에 점점 공격이 연기되어 처음 공격한 날로부터 20여 일이 지나고 말았다.

요시히로는 이러한 보고를 듣고서도 그다지 당황하지 않았다. 예상한 일이었다. 그러나 공성을 위해 만든 참호나 성루를 준비해 두고서도 공격을 미루는 것이 예사롭지 않았다.

막부군이 비를 피하는 이유를 오우치 군사들은 아직 알지 못했다. 적은 사기쵸(左義長)라 부르는 불 공세 도구를 후방에 숨겨두고 비가 그치면 일제히 공격할 셈이었던 것이다.

사기쵸라는 것은 원래 궁중에서 하는 액막이 행사로, 대나무 다발에 부채나 천황의 문서 등을 묶어 태우는 정월 행사이다. 이를 민가에서는 돈도야키(ドンド焼き)라고도 한다. 그러니까 사기쵸는 말하자면 불을 붙인 대나무 다발을 성내로 던져 방화하는 소박한 화기였던 것이다.

12월 21일 묘시(오전 6시), 두 번째이자 마지막인 사카이 성 공격이 시작되었다.

전날부터 비는 완전히 그쳐 있었다. 비 갠 뒤의 강한 새벽바람이 북쪽에서부터 얼어붙을 것 같은 냉기를 품고 불어닥쳤다. 사카이의 북쪽을 지키던 스기 시게쓰라의 아들 스기 시게아키의 군사들은 희미하게 밝아 오는 땅 위에 무수한 불덩어리가 쏟아지는 것을 보았다.

지난번에 무방비 상태였던 막부군은 이번에는 치밀하게 세이로를 공격했다. 야구라에서 발사하는 화살도 전과 같은 위력을 발휘할 수 없었다.

불덩어리는 이윽고 야구라를 없애고 차례로 세이로를 집어삼켰다. 강풍 때문에 불은 한곳의 야구라에서 다른 곳의 야구라로 훑듯이 옮겨 갔다. 수많은 야구라는 화염의 탑이 되어 순식간에 하나의 불바다를 만들며 미친 듯이 타올랐다. 거대한 불기둥이 흐린 하늘을 태우고 검은 연기가 북풍에 날리어 사카이의 상공을 너울거리기 시작했다.

하타케야마, 시바 대군이 난입해 왔다. 칼부림이 일어났다. 자욱한 연기 속에서 사투가 벌어졌다. 북쪽의 수장 스기 시게아키가 먼저 장렬하게 전사했다. 슈고 야가타 본영의 요시히로에게 스에 히로나가가 거친 숨을 몰아쉬며 달려와 이 말을 전했다.

"북쪽은 도저히 지킬 수 없습니다. 관령 하타케야마의 군사가 일만이 넘어 사카이 함락도 임박한 상황입니다. 기슈와 이와미 병사 약 삼백 명은 벌써 배반하여 하타케야마 진영으로 도망쳤습니다. 주군께서는 지금이라도 배에 올라 스오로 돌아가 재기를 꾀하는 것이 현명한 판단이라 여겨집니다. 우리들은 방어전에 힘쓰겠습니다. 어서 항구로 가십시오."

요시히로는 아무런 답을 하지 않고 차례로 날아들어 오는 전황보고를 가만히 듣고 있었다.

남쪽에서는 적의 불 공세에 밀려, 아무리 반격해도 속수무책이라고 한다. 동쪽은 진창에 만든 좁은 길을 따라 이마가와 병사들이 조금씩 모습을 나타내고 있어, 히로모치 병사들이 이들을 맞아 싸우고 있다고 한다. 당분간은 버틸 수 있을 것이다. 히로모치는 요시히로의 명령에 따라 히라이 미치스케가 맡고 있다.

격전지는 역시 북쪽이었다. 요시히로는 언월도를 가지고 일어났다.

"바다로, 바다로 피하십시오!"

스에 히로나가가 소리쳤다.

"운명이 이미 정해져 있는데 지금 어디로 도망간단 말인가? 실컷 싸우고 후세에 이름을 남기겠노라."

이 말을 남기고 요시히로는 말에 올라 바람을 가르고 북쪽으로 떠났다. 호위무사로 모리 민부(森民部) 등 이백 명이 그의 뒤를 따랐다.

불에 탄 세이로 저편에 하타케야마 대군이 보였다. 횡렬로 짜인 진영과 열풍에 휘날리는 깃발이 눈에 들어왔다. 그 속으로 돌진하려는 요시히로 앞으로 수십 명의 병사가 막아섰다. 호소가와의 군사들이다.

검은 갑옷을 입은 병사 하나가 갑자기 튀어나오더니 아무 말도 하지 않고 창으로 세차게 덤벼들었다.

"무엄하구나!"

요시히로는 크게 소리치며 그들을 제치고 적을 향해 말을 달렸다. 언월도를 휘두르며 요시히로는 한 무사의 얼굴을 세게 내리쳤다. 투구가 날아가고 감춰져 있던 얼굴이 드러났다. 요시히로는 깜짝 놀라고 말았다.

—구라하시 효에

처음 교토에 머물 때 요시히로 옆에서 친절하게 도움을 주던 호소가와가의 가신이다.

"효에구나."

요시히로는 자신도 모르게 그의 이름을 불렀다. 동시에 왼쪽 뒤에서 달려온 모리 민부가 노출된 효에의 목을 단칼에 베어 버리고 말았다.

용맹한 무사들로 구성된 민부 부대가 덮치자 혼쭐이 난 호소가와 병사들은 좌우로 흩어졌다.

'효에, 먼저 가서 기다려라. 미안하다는 말은 저세상에서 하겠다.'

마음속으로 되뇌면서 요시히로는 열린 길을 그저 달렸다. 목표는 관령 하타케야마 모토구니의 목이었다.

"저 놈은 미쓰이에(滿家)입니다!"

말의 콧등을 나란히 맞추어 달리며 민부가 알려 주었다. 하타케야마 모토구니의 아들 미쓰이에는 언젠가는 관령직을 이어받을 인물이었다. 모토구니는 후방에 있을 것이다. 아들 미쓰이에가 선진을 지휘하고 있었는데 민부와 같이 스물일고여덟 정도로 보였다. 메이토쿠의 난 당시, 아버지와 함께 출진한 창백한 얼굴의 그 젊은이를 요시히로는 기억하고 있다.

"오우치사쿄곤노다이후 요시히로, 하타케야마 미쓰이에 도노를 뵙고자 한다!"

하타케야마 대열에 가까워지자 요시히로는 크게 소리치며 화려한 갑옷과 투구를 몸에 두른 미쓰이에를 향해 돌진했다.

그가 요시히로라는 것을 알아채고 하타게야마 무장 삼백 명은 미쓰이에 주변을 둘러싸 수비태세를 단단히 갖추었다.

"오우치 요시히로를 만나게 되다니 반갑구나. 자, 공격하라! 오우치의 목이다!"

미쓰이에의 목소리만큼은 용감했지만 누구도 앞으로 나오려 하지 않았다. 하타케야마 군사 전면에 기가 죽어 늘어서 있는 것은 바로 오우치를 배반하고 막부군으로 달려간 이와미 병사들이었다. 투항했지만 억지로 앞에 서게 된 것일 터였다.

"이런 비겁한 자들."

민부 등이 증오를 담아 공격을 가하자 금세 몇 사람이 쓰러졌고 겁에 질린 사람들은 차례로 도망치기 시작했다.

"쫓지 마라, 쫓지 마."

민부가 지시했다.

하타케야마와 칼부림이 시작되었다. 상대는 대군이다. 쓰러뜨려도 쓰러뜨려도 끊임없이 새 병사가 밀려 들어왔다.

약 한 시간에 걸친 난격 속에 요시히로의 군사 이백 명은 대부분 목숨을 잃었다. 이제 옆에 남아 있는 것은 민부를 비롯한 삼십 명의 병사뿐이다.

원군도 바랄 수 없다. 불은 사카이 전체로 옮아 붙어 일만 호의 민가가 큰 불길에 휩싸이고 말았다. 어디서 어떻게 싸움이 진행되고 있는지 전혀 알 길이 없었다. 보이는 것은 북쪽에 만들어 둔 세이로와 야구라의 잔해, 연기가 피어오르는 길 위에 겹겹이 쌓인 적과 아군의 시체뿐이었다.

요시히로 및 삼십여 명의 무사들은 낮은 돌담을 등진 북쪽 출구 한구석으로 쫓겼다. 마지막 돌격에 들어가기 직전에 짬을 내

각자 숨을 가다듬었다.

요시히로는 어느 틈엔가 여러 군데 깊은 상처를 입고 있었지만 아직까지는 싸울 기력이 충분했다.

"드디어 때가 왔습니다."

가라앉은 목소리로 모리 민부가 요시히로에게 말했다. 모리 민부는 오우치가의 사람이었지만 하급 무사였기 때문에 지금껏 요시히로는 그와 그다지 친밀하게 말해 본 적이 없었다.

평소에 요시히로는 전장에서의 마지막은 히라이 미치스케와 함께 맞을 것이라 생각하고 있었다. 이번에도 요시히로는 미치스케를 곁에 둘 수 있었지만, 출격 직전에 히로모치의 옆에 있어 달라고 부탁하였다.

그것이 무엇을 의미하는지 가늠해 보는 듯 미치스케는 조금 의아한 얼굴을 했지만 곧 받아들였다. 어떻게든 해석이 가능했을 것이다. 가망이 없는 전쟁이라며 이번 출병을 내키지 않아 하던 자신을 데려가고 싶지 않은 것이라고 이해해도 좋고, 히로모치와 함께 도망쳐도 좋다는 자신의 마음을 이해해 준다면 그보다 더 좋은 일은 없을 것이다.

미치스케는 자기 대신 남쪽 수비를 맡은 모리 민부와 그 부하들을 데리고 왔다. 미치스케로부터 무슨 말을 들었는지, 민부는 어떠한 난전에서도 요시히로의 곁을 떠나지 않았다. 요시히로가 전신에 스무 군데 이상 부상을 입었음에도 이렇게 살아 있는 것은 민부 덕분이었다.

"주군, 준비하십시오."

민부가 말했다.

"여기서 할복하라는 뜻인가?"

"저는 주군의 목을 친 뒤(할복하는 사람 뒤에 있다가 목을 침) 칼을 빼들고 적진에 쳐들어가겠습니다."

"미치스케에게 그런 부탁을 받았는가?"

"주군을 적의 손에 죽게 해서는 안 된다고……."

"민부, 나는 하타케야마 미쓰이에와 싸우고 싶다. 힘이 남아 있는 한 싸우는 것이야말로 요시히로다운 죽음이라고 생각하지 않는가! 아직 자결하기에는 이르다."

"저도 그 뜻에 따르겠습니다."

"그렇다면 민부 자네도, 다른 사람도 모두 듣거라. 지금까지 보여 준 충절을 매우 고맙게 생각한다. 지금부터는 나를 지킨다고 생각하지 말고 각자 마음껏 싸워 주길 바란다."

요시히로는 말에 올라 선두에 서서 달리기 시작했다. 목표는 하타케야마 미쓰이에였다.

어쩌면 요시히로가 자결하지 않을까 하고 추격을 미루던 하타케야마 진영은 갑자기 들이닥치는 삼십여 명의 병사에 맞서 다시 공격하기 시작했다.

요시히로는 물론 민부와 병사들도 궁지에 몰린 동물처럼 맹렬히 싸웠다. 하타케야마 병사들은 이때 약 백여 명을 잃을 정도로 타격을 입었다.

요시히로가 자신을 지킬 필요는 없다고 했음에도 불구하고 민부는 여전히 요시히로 곁을 떠나지 않았다. 격렬한 싸움이 펼쳐지는 동안 병사들이 차례로 전사하고, 남은 것은 요시히로와 민부 둘뿐이었다.

피에 물든 언월도를 휘두르며 요시히로는 맹렬히 적의 한가운데로 말을 달려 나아갔고 민부도 뒤를 따랐다.

요시히로는 자신이 애용하던 언월도 '고바야시'를 추어올리며 하타케야마 미쓰이에를 찾아 나섰다. 민부는 하타케야마 미쓰이에를 호위하는 무사 세 명을 죽이고 난 후, 결국 숨을 거두었다.

혼자가 된 요시히로는 분전하여 겨우 적장 가까이 접근했다. 대항할 수 없다고 판단한 미쓰이에는 일대일로 싸우는 걸 피해 달아나 아군들 사이에 숨어 버렸다.

"이제는 끝이다."

요시히로는 더는 적중으로 들어가 미쓰이에를 찾을 기력이 없었다.

"나는 서국의 그 유명한 오우치사쿄곤노다이후 요시히로이다. 내 목을 베어 아시카가 요시미쓰에게 보여 주거라."

요시히로는 이 말을 외치며 언월도를 버렸다. 말 위에서 갑옷을 풀 여유조차 없이 2척 8촌의 검을 빼들고 하늘을 향해 벌린

입속으로 그것을 삼키듯이 깊게 찔러 넣고는 다시 힘을 다해 내장에 찔러 넣었다.

오에이 6년(1399년) 12월 21일 오시(12시), 북에서 불어오는 열풍에는 눈이 섞여 있었다. 그 열풍은 아직도 불타고 있는 사카이의 상공을 휘저었다.

열여섯에 처음으로 전장에 나가, 스물아홉 번째 맞은 얼어붙을 것 같은 전장에서 오우치 요시히로는 마흔넷의 나이로 과감한 생애를 마감했다. 요시히로가 찔러 넣은 검의 끝은 말 안장에까지 닿아 마치 꼬챙이로 꿴 것 같은 모습이었다. 그런 요시히로를 태운 말은 적진을 향해 힘차게 돌진하기 시작했다.

역자후기

부산문화재단의 문화 교류 사업의 일환으로 진행되는 번역서 간행에 참여한 것을 계기로, 후루카와 가오루 선생님의 저서 『화염의 탑』을 처음 읽게 되었습니다. 이 책은 서일본 일대를 지배했던 다이묘 오우치 요시히로의 활약과 좌절을 그린 것으로, 한국 독자에게 특히 흥미를 유발시키는 대목은 바로 오우치 요시히로와 백제와의 관계, 나아가 그가 한반도를 망명의 땅으로까지 인식하고 있었다는 사실일 것입니다.

백제와 일본 사이의 정치 · 경제적, 문화적 교류에 관한 연구는 지금까지 착실하게 이루어져 왔습니다만, 양자의 친선적인 관계 및 경험이 때로는 여러 논의를 불러 일으켰던 일도 있었습니다. 예를 들면 2001년에 일본의 아키히토(明仁) 천황이 공식적인 자리에서 백제와의 혈연 관계에 대해 직접 표명한 것을 계기로, 언론에는 적지 않은 파장이 일어났습니다. 당시 아키히토 천황의 발언은 2002년 한일 월드컵을 앞둔 시점에서 이루어졌기 때문에, 이는 한일관계 개선을 위한 적극적인 의사표현으로 해석되기도 하였습니다.

백제와 일본의 관계, 특히 혈연적 관계에 관한 언급은 두 나라의 끈끈한 유대를 상상하게 만듭니다. 이러한 맥락은 후루카와 가오루 선생님의 한국어판 서문에서도 읽을 수 있습니다. 두 나라의 관계를 혈연, 즉 '피'에 호소하는 것은 양자의 우호적 관계 쉽게 연상시킨다는 점에서 효과적이지만, 이것이 다른 한편으로는 낭만적으로 신화화되어 양자 사이의 크고 작은 차이와 문제들을 하나로 감싸버릴 수 있다는 점에는 유념해야 한다고 생각합니다.

오우치 요시히로는 교토를 모방하여 야마구치에 '작은 교토'를 조성하는 등, 중앙에 대한 선망과 동경을 품고 있으면서도, 변두리 다이묘의 입장에서 중앙 권력인 막부를 견제하고 또 독자적으로 조선과 명과의 관계를 다져 나가고자 하였습니다. 특히 목숨을 건 막부와의 전쟁에서 탈출구를 옛 백제의 땅에서 구하고자 한 오우치 요시히로의 상상력은 기존의 질서가 규정지어 놓은 시공간을 깨부수고 새롭게 존재 조건을 만들어 나가려는 실천적 함의를 내포한 것이었습니다.

오우치 요시히로의 소위 '경계 넘기'는 좌절되었지만 그의 필사적인 망명 구상이 가능할 수 있었던 것은 중앙 교토에서는 멀지만 한반도와는 가까운 야마구치의 입지 조건 때문이라 할 수 있습니다. 주변에 위치한 자의 탈주적인 사고가 타자에 대한 상상으로 이어진다는 것을 오우치 요시히로는 여실히 보여주고 있습니다. 이 소설을 통해 기대되는 것은 앞으로의 부산과 야마구치의 관계입니다. 구심적 공간 편성에서 벗어난 두 도시가 어떠한 탈주적 상상력을 펼쳐 보일지 기대됩니다.

번역 작업에 있어서 가장 어려웠던 점은 시대적 의미가 담긴 용어들을 옮기는 것이었습니다. 가급적 원문의 뜻을 살리고자 노력하였지만 부족한 점도 많았을 것이라 여겨집니다. 감수를 맡아 까다로운 문제를 같이 고민해 주신 부경대학교 일어일문학부 신종대 교수님, 밤을 새워 가며 문장을 다듬어 주신 산지니 출판사의 양아름 선생님, 권경옥 편집장 님께 감사 말씀드립니다.

조정민